PAS CE SOIR

Charline Quarré

PAS CE SOIR

Roman

© 2022 Charline Quarré

Édition : BoD – Books on Demand,
12/14 rond-point des Champs-Élysées, 75008 Paris
Impression : BoD - Books on Demand, Norderstedt, Allemagne

Illustration : federica-ariemma-FI3lYkBqbL8-unsplash

ISBN : 978-2-3224-1098-9
Dépôt légal : Janvier 2022

À mon père, et pas des moindres ...

I

« Non.
- Arrête de dire non à tout !
- Non.
- Tu t'entends Eugénie ? Non, non... Depuis que tu sais parler : non, toujours non, non à tout. T'es pas fatiguée de dire non ?
- Non.
- Il va falloir grandir mon chat...
- ... non.
- Et puis arrête de froncer les sourcils, je t'entends froncer les sourcils.
- J'y arrive pas maman...
- Fais un effort, ça va te faire des rides.
- Je mourrai avant d'en avoir, des rides.
- Bon, ça suffit Eugénie, tu y vas, à cette soirée, tu vas t'aérer un peu.
- Mais je préfèrerais être avec toi...
- Oui mais je suis à la campagne et t'as pas voulu venir, alors fais-moi plaisir et va chez ton ami ce soir.
- Je peux pas c'est trop tard. Je suis déjà en pyjama.
- Trop tard ? En pyjama ? Mais il n'est même pas vingt heures !
- Bah... Ouais... »

Un soupçon de fierté penaude dans ma voix. Peut-être va-t-elle soupirer et se résigner.

« Bon j'ai pas envie de rigoler avec toi Eugénie. Alors tu t'habilles, tu te coiffes, tu te maquilles, tu...
- Je sais pas, je...
- Qu'est-ce que t'es fatigante à la fin !
- D'accord maman, d'accord, c'est bon j'y vais.
- Bon... Ça va te faire du bien, tu vas voir.

- ...
- Allez mon chat, va te préparer. Tu m'appelles si ça va pas. À n'importe quelle heure. Je dors à côté de mon téléphone.
- Oui. »

L'excuse du pyjama n'a pas marché. C'est ma réponse à tout, le pyjama. Ça fonctionne plutôt bien, d'habitude. Mon pyjama me protège de tout ce que je n'ai pas envie de faire. Non, je peux pas descendre, oui, je sais que tu es en bas mais je suis en pyjama. Je peux pas aller travailler, je suis en pyjama. Je t'emmerde, je suis en pyjama. Je pouvais pas t'appeler, j'étais en pyjama. Non j'aime rien, j'ai envie de rien, je suis en pyjama.

Alors je l'enlève à regret pour aller prendre une douche. Je lui jette un regard coupable. Je suis désolée, petit pyjama, on va se séparer quelques heures. Moi aussi, j'aimerais rester avec toi. J'en suis pas encore au stade de la dépression où on commence à parler à son pyjama à voix haute. Non, il suffit d'un regard et mon pyjama me comprend. On est comme ça, fusionnels.

Pareil qu'avec Julien. On était fusionnels. On n'avait pas besoin de se parler. Il a disparu il y aura bientôt un an, Julien. Je sais que mon pyjama, lui, il ne disparaîtra jamais, un pyjama, ça meurt pas. Un jour on en a marre et on le jette. Et c'est moi qui déciderai. C'est rassurant.

Mais là il faut que je trouve autre chose à me mettre sur le dos.

Chaque fois que je fouille dans mon placard, c'est le même manège. D'habitude, je fouille pas. Il doit y avoir une vingtaine de fringues entassées sur l'étagère la plus spacieuse sur laquelle je pioche au hasard chaque matin pour m'habiller. Mais il y a d'autres étagères, des tiroirs et une penderie dans lesquels je m'aventure rarement, avec tout un tas de fringues dont je ne me souviens même plus ou des trucs tout neufs que j'ai oublié de porter après achat. C'est quoi ce jean ? Bon, je vais le mettre. Avec des talons hauts. Je dirai à ma mère que j'ai mis des talons hauts, elle sera contente.

Ça a toujours été un calvaire pour elle, de m'habiller. À peine sortie de la maternité, elle a foncé chez Baby Dior, Bonpoint et Tartine et Chocolat sans même prendre le temps d'embrasser mon père. J'étais sa poupée. Et jusqu'à douze ans, j'ai souffert des tresses trop serrées, des serre-tête qui piquent le crâne, des bandeaux qui font les cheveux électriques, des chaussures vernies qui serrent les pieds, des collants en laine qui grattent, des pulls qui grattent, des cagoules qui grattent, des Damart qui grattent, des chemisiers avec des boutons froids l'hiver, des jupes plissées trop plissées, des robes à smocks trop smockées... J'ai jamais supporté les vêtements. Je suis trop délicate pour ça, comme la princesse au petit pois. Ça m'opprime, ça me compresse, ça m'étouffe. Mais je suis trop pudique pour pas en mettre.
Et puis, fouiller dans l'armoire est déjà une épreuve. Effleurer un vêtement dans ma penderie, ça en fait glisser cinq autres de leurs cintres et ça me met dans un sale état de nerfs.

J'ai du stock, là-dedans. De quoi tenir en cas de siège. C'est fait exprès. Parce que les boutiques de prêt-à-porter, c'est l'enfer. Je supporte pas les clientes qui mettent leurs mains partout sur des bouts de tissu comme si leurs vies en dépendaient, ni les filles des grandes enseignes qui me donnent un morceau de plastique avec le numéro savamment calculé du nombre d'articles que je vais essayer, et qui vérifient bien que je ressorte de la cabine avec le compte exact. Je ne suis pas une voleuse. Me donner un numéro, c'est déjà me soupçonner. Non merci. Surtout qu'il faut refaire la queue en sens inverse parce que finalement, ses fringues pourries, j'en veux pas. Je me demande même pourquoi je suis entrée là.

Sans parler des petites boutiques où les vendeuses mâchent des chewing-gums avec acharnement à longueur de journée et viennent me donner leur avis quand je me regarde dans la glace. J'ai rien demandé et elles viennent m'agresser avec des sourires et des ooooh il vous va très bien ce pull ! Ah oui ? Oui vraiment profitez-en, c'est le dernier. Merci je vais réfléchir. Mais garde-le. Rien que pour ça, garde-le, ton pull. C'est ton dernier, t'en fais tout un fromage, je te le laisse. J'en ai déjà des milliards, de cols roulés noirs, j'ai pas besoin de ton truc qui gratte. D'ailleurs, toi aussi tu me files de l'eczéma. Et j'ai pas envie de passer à la caisse. Ni de dire aurevoir en sortant.

Juste envie de mourir un peu mais comme j'ai la trouille de mourir, j'ai juste envie qu'on me foute la paix.

II

« Où est-ce qu'on va ? demande le chauffeur.
- Chez Charles.
- Euh, d'accord, mais c'est à quelle adresse ?
- Ah pardon ! Rue de Beaujolais dans le premier arrondissement.
- Vous savez comment y aller ?
- Non, et c'est précisément la raison pour laquelle j'ai commandé un taxi, sinon j'y serais allée à pied. »

Ce fils d'abruti marmonne dans sa barbe. Je suis incapable de ne pas me perdre quand je cherche cette rue. Chaque fois que je me retrouve devant la Comédie Française, je ne sais plus comment on fait pour accéder au jardin du Palais Royal. Il paraît que je ne suis pas la seule. Le jardin du Palais Royal fait partie d'un univers parallèle à l'accès compliqué.

J'ai le cœur super lourd et j'ai presque envie de pleurer. Ça doit faire cinq ou six mois que j'ai pas pleuré. J'y arrive plus. Je ressens plus grand-chose à vrai dire. J'ai beaucoup pleuré au début mais ça ne me soulageait pas. Alors j'ai arrêté. Je ne pleure plus depuis longtemps. Mais l'envie me prend souvent, la gorge qui serre, le visage qui démange, un reniflement, mais rien au bout. Ça me prend partout, chez moi, au travail, dans la rue, sous la douche, la nuit. La colère a remplacé les sanglots. Une colère froide, contenue, maîtrisée. Une colère monstre. Je serre les poings dans la rue. Je serre les dents dans les magasins. Je siffle entre elles pour dire bonjour. Je sais plus parler aux gens, je persifle. Je voudrais étrangler le buraliste parce qu'il ne prend pas les chèques, pousser la vieille qui marche pas assez vite dans l'allée centrale du Monoprix, mordre mon voisin mal élevé, gifler un gamin qui braille pour une connerie parce que moi aussi j'aimerais bien arriver à pleurer. Une seconde après je m'horrifie de ce que je deviens. Et je ne pleure toujours pas.

Je ressens plus de joie non plus. Lorsqu'on m'a annoncé qu'on allait publier mon livre il y a quelques semaines, j'ai même pas réussi à être heureuse. C'est mon premier roman, c'est la seule chose qui m'aide encore à tenir debout, à pas vouloir mourir de trop. Mais je suis restée muette. Quelques heures plus tard, je me suis dit c'est super et j'ai peut-être fait une grimace à ce moment-là. Je l'ai tout de suite annoncé à ma mère pour qu'elle explose de joie à ma place. Comme pour les mails au bureau, cette émotion, je veux pas m'en occuper, j'ai pas les compétences requises, je clique pour transférer. Ça a bien fonctionné. Elle était heureuse pour deux. Mon père ne disait pas grand-chose non plus mais j'ai bien vu qu'il était fier.

« Mais réagis Eugénie ! C'est génial mon chat, s'exclamait-elle en débouchant le champagne.
- Ouais... c'est super. »
Une réplique léthargique, aussi convaincue que si elle m'avait annoncé qu'elle allait me servir une gamelle de haricots verts tièdes et filandreux.

J'ai réussi à écrire un livre d'épouvante grâce à mes cauchemars. Un charmant patchwork de sang coagulé et de gens pendus dans des villages abandonnés, de trains Corail qui vous larguent dans les Carpates alors qu'on veut juste aller à Meudon et d'armées de chauves qui vous courent après avec des armes vivantes. C'est formidable d'avoir tiré quelque chose de payant de ce qui me fait me réveiller en hurlant. Enfin, de payant... J'ai réussi à séduire un éditeur de littérature barbare qui a cru en mon potentiel d'écrivain pour gothiques. D'après lui, ce recueil morbide possède tout l'attirail pour se mettre dans la poche les fils de cadres moyens en mal d'identité.

Je n'ai rien contre mes futurs lecteurs. Il faut être complètement débile ou complètement fort pour se permettre de tels déguisements quand on a passé l'âge et assumer de lourdes convictions sorties de nulle part. Les gothiques, c'est Mattel, Playschool, c'est Barbie et GI Joe, c'est comme les Tortues Ninja mais en êtres humains et en sérieux. C'est pas du cosplay, ils sont pas là pour rigoler. C'est fascinant. Et puis, je ne me permettrais pas de cracher sur ma fratrie, puisqu'à ce qu'il paraît, je serais l'une des leurs. C'est un garçon qui m'avait appris ça à la fac en pointant sur moi un ongle noir taillé en griffe.

« T'es une gothique toi.
- Hum... Tu sais, c'est pas parce que mes fringues sont noires que...
- Non, c'est pas une histoire de fringues : t'es une gothique dans l'âme.
- Ah ? Dans l'âme, carrément ?
- Oui, je t'ai observée, t'es dans ton monde, assez contemplative, mélancolique même, j'ai remarqué. Et solitaire aussi. Tu lis toujours dans un coin, et puis j'ai adoré ton exposé sur Jérôme Bosch.
- C'était un hasard, Jérôme Bosch.
- Non, c'est un signe. T'es une sœur de sang. Une vraie goth.
- Ah... Bon, bon... Bah bonne journée moi je dois y aller oh là là chuis en retard ! »

J'ai filé comme dans un cartoon avant qu'il ne me propose de partager du sang de cochon dans une imitation du Graal achetée à Châtelet Les Halles. Gothique en Ralph Lauren. Gothique dans l'âme... pas sûre que ce soit le genre de découverte qui m'aidera à mieux dormir. Je veux bien que mon passé relationnel soit quelque peu chaotique, mais je n'en suis pas non plus à ce stade de l'échec social.

Ma mère reste la plus enthousiaste du trio familial. Elle s'est pas laissée démonter par mon mutisme face à cette petite victoire, bien qu'elle ait abandonné l'idée de me lire, trop épouvantée par ce qu'il se passe dans mon subconscient. Elle a téléphoné à tout son répertoire. Le grand-père, les oncles et tantes, les copines, la couturière, l'ostéopathe et ceux qui s'en foutent comme de leur premier slip...

Il y a eu aussi toute la clique des arrière-oncles et tantes, tribu obscure de momies dont je ne connais que vaguement les noms. Ceux qui me tapotent la tête aux mariages et aux enterrements sans que je parvienne à les identifier. Je te connais pas, franchement ça valait le coup de me décoiffer ? Ceux-là aussi, ma mère les a appelés pour les prévenir. Certains d'entre eux m'ont gentiment téléphoné, y allant de leur petite anecdote ; ils en ont toujours une dans la poche pour la servir aux jeunes générations, tu sais, à l'époque où j'étais jeune, quand il y avait encore des dinosaures, je...

Enfin, elle est aussi allée claironner ça chez la boulangère qui maintenant me casse les pieds quand je vais acheter du pain pour mes parents. Merci, je veux juste une demi-baguette. Et puis elle me souhaite toujours une bonne journée et ça m'énerve. J'ai envie de lui dire de garder la monnaie pour qu'elle aille s'acheter une vie.

Mais je me tais.

Alors quand j'ai envie d'insulter quelqu'un, j'appelle ma mère. Pas pour l'insulter, bien sûr, mais pour qu'elle me calme. Je grogne au bout du fil et elle me parle gentiment. Parfois ça m'énerve, je raccroche et la rappelle dans la seconde tellement je m'en veux. Elle non. Elle ne m'en veut pas. Jamais. Je ne me supporte pas d'avoir mal parce que ça lui fait la même chose. J'ai pas le droit de lui faire ça. Mais je le fais, c'est comme ça.

Elle a une patience d'ange, ma mère. Elle m'écoute dire des gros mots pendant des heures. Ça ne la choque plus. Elle vient chez moi jeter les trucs moisis dans le frigo pour les remplacer par d'autres pas moisis. Elle cache toutes sortes de choses dans mon sac quand j'ai le dos tourné alors qu'elle sait très bien qu'en découvrant un billet dans la poche latérale, une tablette de chocolat, une place de cinéma, je vais l'engueuler. Elle me rassure constamment, tu sais, t'es vraiment la plus belle et la plus intelligente, y a pas à dire, et je dis pas ça parce que t'es ma fille. Oui bien sûr maman.

Elle essaye de me secouer en disant des trucs qui n'ont de sens que pour elle. Arrête de t'apitoyer sur ton sort un peu, c'est pas dans les confitures qu'on fait les meilleurs pots tu sais, selon que tu sois puissante ou misérable, tout vient à point à qui sait euh, à point, hein ? Oui maman, j'allais le dire mais tu m'as ôté les mots de la bouche.

Elle me gronde gentiment quand le chagrin me rend hargneuse et malpolie. Elle ne dit rien quand je change de station de radio dans la voiture parce que j'ai entendu un mot qui m'a pas plu. Elle m'achète des tas de fringues que je laisse bien au fond du placard en disant oui oui je vais les mettre. Elle me téléphone tous les quarts d'heure quand je fais une crise de j'aime rien. Elle m'emmène boire une bière quand elle m'a appelée au bureau et m'a sentie énervée. Elle est toujours là. Elle m'ennuie jamais. Sauf pour mes sourcils. Pour que j'arrête de les froncer.

C'est vrai que je dois m'abîmer le front, à force. Je passe ma vie les sourcils froncés. Avant c'était souvent. Maintenant c'est tout le temps. Je suis sûre que je les fronce quand je dors. Mais je ne peux pas m'en empêcher. Quoi qu'il se passe. Quoi que je fasse. Même quand Hervé m'embrasse. Je pense qu'il ferme les yeux parce que ça l'agace quand il m'embrasse. C'est pas ma faute, c'est malgré moi. Je fronce les sourcils parce que j'aime pas son prénom. Je fronce les sourcils parce que je l'aime pas non plus, Hervé. Je fronce les sourcils parce qu'Hervé m'embrasse avec son prénom.

Mais je dis rien parce qu'il est souvent à la maison. Quand il ne travaille pas, il est chez moi. Quand il me fait prendre l'air, il fait le fier et me trimballe comme s'il m'avait achetée. Mais je dis rien parce que c'est un joli garçon. J'aime rien de lui. J'aime pas son métier, ni sa voiture, ni sa montre, ni sa voix, ni ses chemises, ni ses cheveux, ni rien. Il travaille à la Défense. Chaque fois qu'il arrive à la maison, je pense aux grandes tours et j'ai presque envie de pleurer. Il dit rien, il doit croire que je suis comme ça, que j'ai la tête d'une fille qui veut pleurer quand je dis bonjour à quelqu'un, il ne se pose aucune question. Il croit que c'est ma personnalité, que je joue les dures mais qu'il m'a bien attrapée, que je ne peux pas lui résister. Il pense tout ça et c'est tant mieux.

Comme ça il ne sait pas qu'il perd son temps. Comme ça je ne suis pas toute seule tout le temps.

J'ai pleuré la première fois qu'il m'a embrassée. Ça n'a pas eu l'air de le déranger.

Quel con, cet Hervé.
« On est arrivés.
- Ah d'accord...
- Pourquoi, c'est pas cette rue ?
- Je sais plus.
- Faudrait savoir ! Vous m'avez dit rue du Beaujolais, je vous ai emmenée rue du Beaujolais !
- Oui, oui, très bien, combien je vous dois ? »
De toute façon, même s'il m'avait conduite à la Gare de Lyon j'aurais dit oui, la rue de Beaujolais, c'est bien là. Ne jamais contredire un chauffeur de taxi car il a toujours raison et qu'il est susceptible.

J'ai pas vraiment envie de sortir de la voiture, j'ai le trac. Je retarde le chauffeur qui s'impatiente devant des pièces de centimes qu'il faut sans cesse recompter.

Je marche doucement. Je m'en fous, de cette soirée. J'y vais juste pour que ma mère me foute la paix. Et pour que Charles arrête de geindre parce qu'il ne me voit pas assez.

Je pense à Julien dans la rue. Je pense souvent à lui dans la rue. Du coup, je ne sors plus beaucoup.

III

« Oh mon Eugénie, mon petit ange !
- Salut Charles.
- Donne-moi ton manteau et suis-moi. »

Pas mal d'éclats de voix, pas mal de silhouettes, rien eu le temps de voir, Charles m'a prise par la main et me la tire jusqu'à la cuisine. Il referme la porte derrière nous et s'approche de moi. Grâce à mes chaussures, on fait la même taille, ça le surprend un peu.
Si c'était pas mon ami, je crois que j'aurais peur de lui. Il nous a barricadés après avoir surveillé nos arrières et s'adresse à moi comme un agent secret qui tiendrait le destin du gouvernement entre ses mains :
« Comment vas-tu ?
- Très bien.
- Tu mens.
- Bien.
- Oui, tu mens bien.
- Je fais aller. »
Il me prend dans ses bras. Il me dit tu m'as manqué. Il me dit deux mois, deux mois c'est beaucoup, pourquoi tu viens pas plus souvent, tu as changé, tu as maigri, tu as les yeux tristes, tes cheveux sont plus longs, tu as mis de jolies chaussures, ton grain de beauté est toujours là, montre-moi tes mains, pourquoi t'es pas accompagnée ?
Je le serre moi aussi mais pas trop fort. Parce que je veux pas lui faire mal. Parce qu'il a toujours été amoureux de moi. Sinon il ne me parlerait pas comme ça. Je pense pas qu'il m'enfermerait dans la cuisine juste pour savoir comment je vais alors qu'il y a des tas de gens

chez lui venus pour lui, s'il était pas amoureux comme ça.

« Il est où ton petit ami ?
- Chez lui sûrement.
- Pourquoi t'es pas venue avec ?
- Chais pas. Pas envie, pas pensé.
- J'espère que tu fais pas n'importe quoi avec les garçons.
- Je fais rien du tout.
- Oui, reste comme tu es. Change jamais Eugénie. Promis ?
- Promis. »

Envie de pleurer mais non c'est plus possible. Je renifle à la place.

« Et c'est pas tout Eugénie, j'ai pas fini.
- Quoi ?
- Ne laisse personne te faire de mal.
- J'y travaille tous les jours, pour que personne ne m'aime. Les gens qui t'aiment pas sont pas ceux qui te font le plus de mal.
- C'est affreux ce que tu dis.
- C'est ce que tu voulais entendre.
- Pas vraiment non. »

On a soupiré en même temps, lui par dépit, moi par agacement. Ça nous a fait rire.

« Je te fais un café ?
- Mais non t'es malade, il y a une fête chez toi avec des gens partout, tu vas pas me faire du café !
- Si parce que tu es mon invitée préférée.
- Dans ce cas... »

Je suis contente qu'il me fasse du café. Je suis contente d'être seule avec lui et que personne ne vienne ouvrir la porte et nous pourrir la vie. C'est comme si on était que tous les deux. Ça fait longtemps qu'on se connaît. J'ai l'impression qu'on est vieux.

« Charles, tu la vois ma ride sur le front ?

- T'es bête !
- Mais non mais non, regarde !
- Je vois rien.
- Mais si, tu le fais exprès.
- Dis pas n'importe quoi, t'as encore une tête de bébé. Bois plutôt ton café.
- Tu crois qu'elle vont être où mes rides, plus tard ? »

Elle est con ma question. Il n'y a qu'à Julien que j'en posais des comme ça. Je lui demandais n'importe quoi, il me répondait n'importe quoi et ça m'allait : « Pourquoi j'ai mal à la tête ?
- C'est à cause de ton shampoing.
- Si on était des Schtroumpfs, tu crois que je serais qui ?
- Schtroumpf grognon.
- Si on avait des enfants verts, tu crois qu'ils auraient des problèmes à l'école ?
- Non, on irait peindre tous les autres gosses en vert.
- S'il y avait des canards radioactifs qui me suivaient partout, tu m'aimerais toujours ?
- Oui, toujours.
- Ah, et quand on sera morts, tu m'aimeras encore ?
- Oui, même encore après. »
    Charles ça le fait juste rire. Pourtant c'est pas drôle.

La porte s'ouvre et deux filles entrent en s'esclaffant. « Charles ! T'as un tire-bouchon ? »
    Ça a l'air marrant, de chercher un tire-bouchon. Ça a l'air moins marrant de recevoir chez soi. Je vois pas comment on peut profiter agréablement d'une soirée avec des gens qu'on a choisi d'inviter à piétiner son intimité quand c'est pour avoir droit toutes les cinq minutes à des ils sont où les verres ? On a sonné. C'est quoi le

code ? T'as pas de l'aspirine ? C'est où les toilettes ? T'as pas vu untel ? C'est quoi la station de métro ? On est à quel étage ? Ça va ?

D'ailleurs j'ai pas eu le temps de lui demander s'il va bien. Trop tard, il y a ces deux filles débiles qui minaudent devant lui en se préparant des lignes de coke sur le plan de travail en granit. Sourires aux dents longues derrière rideaux de cheveux parfaits. Ce genre de fille c'est ce qu'il peut lui arriver de pire après un contrôle fiscal. Charles est à des années lumières de tout cliché de beauté masculine mais c'est un bon parti. Les filles tombent toujours amoureuses de son appartement avant de miraculeusement tomber amoureuses de lui. Tant pis, s'il a les dents du bonheur, il a le compte en banque assorti. Pourquoi n'ai-je jamais été amoureuse de lui, putain, ça m'aurait simplifié la vie…

Il y a de la cocaïne à côté de ma tasse de café. Ces filles ont tout gâché.

IV

Le salon de Charles est aussi irrespirable qu'une boîte de nuit. Une vaste surface de parquet ciré, recouverte de chaussures, cirées. Il fait beaucoup de fêtes chez lui, il change souvent de fréquentations, c'est pour ça qu'il a un très grand salon. Il pousse pas les canapés, Charles, pour faire de la place aux invités. Il trouve ça vulgaire, de déplacer les meubles quand on organise une soirée. Il trouve que ça fait pauvre. Parfois j'aimerais qu'il soit pauvre deux minutes, juste pour le voir décaler un guéridon. Mais s'il était pauvre, Charles, il n'aurait pas autant d'amis. Ou pas les mêmes. Voire pas du tout. Il décalerait son guéridon pour se faire une soirée chips tout seul ou avec un copain aux cheveux gras, ça ne ressemblerait à rien.

La musique étouffe les conversations. Ça bourdonne. Les parfums capiteux se mélangent, les plus forts remportent la bataille et me portent au cœur.
Je marche sur des chaussures en cuir, m'excuse, déglutis, rougis, me fais bousculer. Un coup de coude, des cheveux blonds, une cravate rayée, un sac Hermès, des bottes en cuir cloutées, pardon, excusez-moi, oui, bonsoir.

« Oh ! Bonsoir Eugénie !
- ...
- Tu vas bien ?
- Oui très bien...
- Hum... Tu te souviens pas de moi ?
- Non, je suis désolée.
- Caroline, je travaillais avec Julien, ton petit ami.
- Ah...

- Il est pas là ce soir ?
- Non. »

Je fouille dans ma mémoire. Oui, elle me dit vaguement quelque chose. Grande et fine, cheveux bruns lissés au fer, longs cils recouverts de mascara, profond décolleté à paillettes, sourire arrogamment indulgent. Pour moi les copines de Julien se ressemblaient toutes alors c'est pas tellement difficile. Jamais très intelligentes, jamais très distinguées mais très à la mode, une vulgarité sans surprise, toujours très maquillées, plutôt jolies, toujours un peu crispées devant moi. J'ai rien d'impressionnant. C'est juste qu'elles comprenaient pas pourquoi il était avec moi, avec mes jeans, mes Converse, mes cheveux décoiffés et mon air de m'ennuyer. Qu'est-ce que Julien peut bien lui trouver alors qu'il a à ses pieds des tas de filles sexy comme moi qui n'ont pas peur de se servir d'une brosse à cheveux ? Cet éternel refrain muet n'a pas changé, au regard sceptique de cette Caroline qui me détaille avec mépris.

« Et pourquoi il est pas là Julien ? Il est où ?
- Il est mort. »

Ses yeux s'écarquillent d'effroi. Elle a le souffle coupé et la bouche grande ouverte. Elle reste comme ça. Je mens pas quand je dis que les copines de Julien n'avaient pas l'air intelligent. Je reste de marbre.

« Mais... depuis quand ? Qu'est-ce qu'il s'est passé ? demande-t-elle en me prenant par le coude pour me conduire à la salle à manger où se déroulent les conversations les plus sérieuses.
- Il avait trop bu en sortant de boîte. Il a traversé la rue sans faire attention et un camion l'a écrasé. Ça va bientôt faire un an.
- Mon Dieu mon Dieu ! Mais c'est horrible !...
- Oui. »

Caroline a mis la main devant la bouche, cette fois. C'est déjà un peu plus élégant mais maintenant c'est trop tard, personne ne prendra en compte cet effort de distinction, il y a peu de monde dans la salle à manger. Elle est choquée, ça se voit. Pas moi. Julien est mort. Ça ne me fait rien. Je suis vaccinée contre la mort. Vaccinée contre le chagrin d'avoir perdu quelqu'un. J'ai même pas pleuré quand mon grand-père m'a téléphoné il y a quelques mois pour me dire « ta grand-mère est partie ». Oui, elle était partie. J'ai pas pleuré. Pourtant je l'aimais. Avec des tonnes d'amour, dépassant la dose qu'il fallait. Elle est partie, tant pis. Elle est partie, elle avait l'âge, il n'y avait rien d'injuste là-dedans. Elle est morte. Même pas mal.

Lorsqu'on a eu fini de l'enterrer, j'ai traversé le cimetière pour aller voir une autre tombe. Une tombe bien fermée. Une tombe fermée depuis bientôt dix ans. La tombe de mon grand frère. Le frère du premier mariage de papa. C'est là que j'ai pleuré. C'est cette mort, celle-là, qui m'a vaccinée.

C'était lui qui entrait dans la cuisine quand j'étais prostrée devant une assiette froide et qui jetait tout au vide-ordures en disant chut ! C'était lui le seul adulte avec qui on mangeait tout le pot de Nutella alors que c'était interdit. C'était lui qui pouvait consoler les chagrins justifiés et les chagrins bizarres. C'était lui qui m'achetait des trucs incroyables, des disques, des appareils photo, des bandes dessinées, des patins à roulettes. C'était lui qui levait les punitions parentales. Punie, Eugénie ? Punie pour des épinards pas terminés ? Parce que tu as dit à ta mère qu'on dirait des crottes de nez ? Tu as raison, les crottes de nez, c'est dégoûtant. Allez, mets ton manteau tout de suite, on va au cinéma, non mais !... C'était lui qui riait tout le temps, c'était lui qui est mort à vingt-sept ans. Une vie passée d'internats en études à l'étranger, une vie passée loin de lui pour qu'il meure en rentrant à Paris.

Comme s'il savait qu'il mourrait tôt, qu'il n'aurait pas le temps de se marier, ni de faire des enfants, j'étais la presque sienne, d'enfant. C'était comme un deuxième papa vraiment marrant, vraiment patient, qui m'écoutait vraiment. Quand il était là, à la maison.

Puis il y a eu ce jour de Saint-Valentin, j'avais dix-sept ans. J'ai trouvé sur ma table de nuit une petite ampoule en forme de cœur qui clignotait grâce à une pile. C'est tout. Il est venu déposer ça dans ma chambre parce qu'il savait qu'il devait aller à l'hôpital pour mourir. Avec son sale cancer. Ce cancer auquel j'ai jamais cru. Oui, bon, ça faisait deux ans qu'il était chauve, il grossissait aussi, il boitait, je voulais bien qu'il boite, qu'il soit gros et chauve, je m'en foutais, il était pas malade pour moi. Le cancer c'était sûrement juste une bonne blague. Maman m'a dit il a boité jusqu'à ta chambre pour déposer ton cadeau avant que tu rentres de l'école. C'est ce qui me fait le plus de mal aujourd'hui. Toute cette peine qu'il s'est donnée pour pas que je sois trop triste et ça n'a même pas marché.

Le lendemain, il était dans le coma. Je suis arrivée à l'hôpital. Il avait les yeux grands ouverts, sa peau avait une drôle de couleur. J'ai parlé dans son oreille en lui promettant des trucs que j'ai jamais faits après. Et quand je me suis retournée, son cœur a lâché. Il a attendu pour mourir, il voulait d'abord m'entendre. J'ai entendu ma mère souffler oh non et j'ai compris. J'ai hurlé de toutes mes forces mais pas un son n'est sorti de ma gorge. Je suis tombée par terre sur le lino et je me souviens que l'infirmière est allée pleurer en cachette. Je voulais pas qu'il soit mort, je veux pas qu'il soit mort, jamais je voudrai qu'il soit mort.

Je me souviens du voyage, pour l'enterrement. Six voitures suivent le corbillard. Je suis dans la plus grosse ; j'ai décidé de ne pas monter avec ma famille. Dans cette voiture aux visages hébétés et livides, je ne connais que le conducteur. Et je suis assise à la place du mort. Tout le monde en noir, personne ne parle et vive la vie. Bonjour l'ambiance. Tant mieux, car je suis montée dans cette voiture pour ne pas parler. Je m'agite doucement sur le siège, mes collants me grattent, j'hésite à enlever mes escarpins et je fume avidement. De temps en temps, de grosses gouttes viennent s'écraser sur le pare-brise ; avec le moteur et les briquets qu'on allume, ce sont les seuls bruits qu'on entend. Les seules ponctuations du voyage. Aucun excès ; tout paraît sobre aujourd'hui si l'on écarte l'absurdité qui nous tombe dessus. Dernier voyage sur l'A13 un jour d'hiver. Sur l'asphalte mouillé. De temps en temps on nous dépasse. Est-ce que ces étrangers ont fait attention ? Est-ce qu'ils ont remarqué le cortège ? Parce que pour les autres, c'est un jour comme les autres. « Oh ! Regardez les enfants, y a un mort là-dedans ! » Le conducteur manque d'éborgner sa femme en montrant la voiture du doigt. « Wouah ! Trop cool ! » Papa, c'est génial ce que tu nous montres ! Merci pour l'info. Un jour, ce sera ton tour d'être dans la boîte et des gens seront là aussi qui te montreront du doigt, exaltés d'avoir dépassé un macchabée. Quant à nous, on mange l'A13 en silence. Quant à nous, les yeux braqués sur la Normandie, on accompagne pour la dernière fois celui qui...

Il est mort, mon frère. Il est mort et j'ai très mal. Ma grand-mère est morte, j'ai eu moins mal. Il est mort aussi Julien. Ça ne me fait plus rien.

J'ai les sentiments délavés. Je suis un zombie maquillé en fille presque normale. Je regarde cette fille humaine devant moi, avec sa vraie réaction de vrai être humain face à la mort. Elle se tord les mains, elle se pince les lèvres, elle aussi elle fronce les sourcils sauf qu'elle c'est juste à cause de la mort. Moi c'est tout le temps. C'est tout le temps mort partout pour moi. Moi je suis tout le temps morte. J'ai plus rien à l'intérieur.

« Et toi ? Comment tu le vis ?
- Mal, forcément.
- Oui, elle est bête ma question.
- Non, t'inquiète pas. Il me manque, bien évidemment.
- C'est atroce de mourir aussi jeune, ça devrait pas exister.
- Ça devrait être interdit. »
Elle me tapote l'épaule avec des doigts pleins de compassion et me souhaite d'être forte et de passer une bonne soirée. Un programme ambitieux. Je la laisse partir.
Elle n'a pas de chagrin, cette fille. Les gens ne l'aimaient pas vraiment, Julien. Ils doivent y penser cinq minutes, comme ça, ou se dire merde, quand même, et retourner à leurs préoccupations. Ça restera une anecdote.

J'aurais dû rester chez moi pour plus qu'on me parle de Julien.

V

Je suis très occupée. Avec ma coupe de champagne et ma cigarette. Les deux mains prises. Mais je suis toute seule. Je fais pas semblant de pas m'ennuyer. Il y en a qui tripotent leurs portables, sourient, bavardent, essayent de faire illusion. J'ai arrêté tout ça. Cette énergie qu'on gaspille à sauver les apparences. Je me fiche d'être à l'écart quand il y a du monde. Ça ne me gêne pas le moins du monde. À l'origine, ce n'était pas par choix, c'était comme ça. Aujourd'hui, je ne sais pas.

Il y a une fille qui ressemble à Sybille à l'autre bout de la pièce. Je crois même que c'est elle. Oui c'est elle. Je vois son rire de loin, je m'en souviens bien, de son rire. Il n'a jamais été clair. Des portées rauques et granuleuses. Un truc bourré de fausses notes. Je suppose qu'elle a gardé le même. Elle me voit et détourne les yeux. Elle n'a pas dû me reconnaître. Ça doit faire une quinzaine d'années. Elle ne doit plus s'en souvenir, de la cinquième.

« Pourquoi tu pleures Sybille ?
- Tout le monde me fait la gueule, mes copines veulent plus me parler. »

J'ai tout de suite compris que sa mère travaillait la journée et que Sybille devait déjeuner à la cantine. Elle dégageait une odeur tiède et légèrement écœurante de steak haché industriel.

« Comment ça se fait ?
- Je sais pas, je fais plus partie du groupe, j'ai plus d'amis, c'est vraiment la honte !
- Ah... Mais pleure pas, moi je reste avec toi si tu veux.

- D'accord, m'avait-elle répondu en me scrutant du coin de l'œil avec méfiance pour voir si mon amitié pouvait la dépanner.
- Si tu veux je t'invite même à déjeuner chez moi, demain c'est mercredi.
- Oui ! »

Elle a séché ses jolis yeux verts avec la manche de son pull. Elle pleurait parce qu'elle n'avait plus d'amis. Je pleurais jamais parce que j'en avais jamais eu. Et mon frère était très loin, au Zétazuni.

À l'école, on venait se moquer de moi sans raison. C'était un genre de sport, une activité de récréation. J'ai jamais eu le physique d'un souffre-douleur, mais quand quelqu'un avait une insulte au bord des lèvres, il venait systématiquement s'en débarrasser sur moi. J'étais un crachoir à saloperies. Même des filles qui étaient au lycée et dont j'ai jamais su le prénom me traitaient de pute quand elles me croisaient dans les couloirs. J'avais douze ans. Je répondais jamais. Mes parents ne savaient rien de tout ça. Et il fallait pas que mon frère ait de la peine.

Sybille est venue déjeuner chez moi le lendemain. On l'a invitée à passer le week-end à la campagne. On a fait du ski à Courchevel aux vacances de février. On se voyait en cachette, c'était notre secret. J'avais une amie. Une amie clandestine. Une amie, enfin. Je voulais tout avoir comme elle, les mêmes vêtements, les mêmes gadgets, la même vie. Je lui racontais des tas de secrets que j'inventais parce que j'en avais pas, elle faisait pareil avec de vrais secrets. Je la trouvais très jolie mais ma mère n'était pas d'accord. Elle disait tu es bien plus jolie qu'elle mais je ne voulais rien savoir.

Et puis un jour je suis allée voir la chef du groupe de super copines qui avait exclu Sybille. Je lui ai tendu une lettre. « Bonjour, on ne se connait pas mais j'ai une chose importante à vous demander, à toi et tes copines. Sybille est une fille géniale. Je le sais, ça fait plusieurs mois maintenant que c'est mon amie. C'est la meilleure amie qu'on puisse avoir. C'est pour ça que c'est très dommage de lui faire la tête, en plus, ça la rend triste. Je ne sais pas ce qu'elle a fait, mais vous pourriez peut-être recommencer à lui parler ? » La fille m'a pris la lettre des mains avec des yeux ronds. Elle n'a rien dit, même pas merci. Elle semblait juste étonnée que ce qu'elle devait juger comme un brouillon d'individu ose venir s'adresser à sa majesté. Je suis partie sans me retourner parce qu'elle m'intimidait, perchée sur ses grandes jambes avec son appareil dentaire ultra classe. C'était une surprise pour Sybille. J'étais fière de moi.

Le lundi suivant, j'ai vu Sybille et ses copines rire ensemble dans la cour. J'ai eu le cœur comme un feu d'artifice. J'ai pas eu le temps de commencer à sourire de soulagement. Quand elle m'a vue elle a crié : « hé connasse » ! Elle m'a jeté une boulette de papier. Une lettre d'insultes pleine de fautes d'orthographe signée par toutes ses copines. Mais ça, c'était juste avant de faire courir dans tout le collège la rumeur selon laquelle j'étais « gouine », et que j'avais des maladies, en surcroît d'un retard mental que personne n'est allé vérifier avant de venir se foutre de moi. Voilà pour ma première expérience de l'amitié.

Plus tard, il y a eu ce cours de catéchisme avant les vacances de Pâques. La dame qui nous donnait des cours de religion n'avait aucune autorité et les élèves chahutaient sans se priver.

« Bon, on va parler de l'espérance, c'est quoi pour vous les enfants, l'espérance ?
- L'espérance, c'est quand Eugénie sera morte.
- Ouais, Eugénie, elle sert à rien !
- Oh, ce n'est pas très gentil ça, voyons... »

J'ai rien dit, j'ai serré les dents en fixant les lignes de mon cahier. Je les voyais en double, les lignes. Mais je les ai pas regardées longtemps. La dame a justement eu cette brillante idée de me faire passer au tableau. Peut-être voulait-elle leur prouver que j'étais une brave fille et que j'avais sûrement droit à mon statut d'être vivant. Je cherchais l'éponge pour l'essuyer avant d'écrire quand un élève me l'a jetée à la figure. Je suis sortie en claquant la porte. Je suis allée pleurer dans les escaliers, pleine d'eau sale, pleine de craie. Je pensais à mon frère en serrant les poings. Il leur aurait cassé la gueule, à tous, s'il n'était pas à l'autre bout du monde.

J'ai pas été punie pour avoir quitté le cours.

Les bonnes choses ayant une fin, le conte de fées s'est terminé un an plus tard. Le jour où un élève m'a attrapée par les cheveux pour me cogner la tête contre le mur des toilettes des filles. Après avoir soupiré un soulagement bruyant sur l'absence de traumatisme crânien, mes parents ont jugé utile de me changer d'école. Je suis passée d'une école privée à une école encore plus privée. J'ai fini par être respectée. Je n'adressais la parole à personne et personne ne m'insultait. J'ai fait une croix sur l'amitié. Et puis j'ai rencontré Julien quelques années plus tard. Mon premier ami. Perdus de vus, encore à cause de ces foutus États-Unis, retrouvés quelques années plus tard, mon premier amour, Julien. Perdus complètement maintenant qu'il est mort, Julien.

Avec tout ça, non, j'ai pas honte d'être seule au milieu d'une soirée et de m'ennuyer. J'ai pas choisi de m'ennuyer partout. On naît peut-être solitaire comme on naîtrait roux ou brun, sauf qu'il n'y a pas de teinture pour solitude. J'arrive un peu à l'habiller avec des amis. Enfin, avec Charles. J'avais un autre ami avant, il s'appelait Fred mais il s'est jeté d'un pont il y a deux ans. Ça fait deux amis moins un. Je suis presque normale.

Le regard repeint à l'incrédulité, Sybille s'approche de moi avec des pas de cosmonautes. Ce genre de pas que font les gens lorsqu'ils vont vers une personne qu'ils avaient oubliée, qu'ils croyaient disparue. Une démarche incertaine, comme on marcherait sur des galets. C'est bon, c'est du parquet connasse. Peuvent pas marcher normalement, les gens, dans ces conditions ?

Elle a changé. À vingt-six ans, elle semble déjà vieille. Ses beaux cheveux roux dont j'étais jalouse ne brillent plus du tout, ses dents se chevauchent sur le devant, dans une petite bouche tracée à main levée d'un coup de méchanceté. Ses yeux aussi semblent avoir rétréci. Et je suis plus grande qu'elle. Maintenant je la dépasse mais je m'en fous.

« Excuse-moi, tu t'appellerais pas Eugénie par hasard ?
- Si.
- C'est fou, ça fait tellement longtemps ! Tu me reconnais ?
- Non.
- Sybille, insiste-t-elle. On était dans le même collège !
- Ah, peut-être...
- Tu fais quoi maintenant ?
- Écrivain.

- Ah oui ? C'est génial ça ! T'écris quoi ?
- Des livres.
- Bah donne au moins un titre...
- Constipation, mais c'est pas encore sorti.
- Ah... cool... »

Elle connait pas la blague, tant mieux. J'aurais pu lui donner le bon titre parce que les blagues bien grasses, c'est pas mon genre d'habitude, mais je n'ai aucune envie de parler avec elle. Elle ne s'en préoccupe pas le moins du monde. Elle fait comme des petits bonds d'excitation pour rassembler mentalement toutes les questions qu'elle veut me poser. Ah oui c'est vrai, j'oubliais que c'était ma meilleure amie.

« Et sinon, raconte un peu, m'encourage-t-elle avec une insistance puérilement agaçante, quoi de neuf, depuis tout ce temps ?
- Je sais pas moi... Je suis mariée, par exemple.
- Mariée ! C'est fou ça ! C'est super ma chérie ! Où est ton mari ? Présente-le moi !
- Il est descendu acheter des clopes.
- Bon, bon, on verra ça tout à l'heure ! Et le reste, ta famille ? Comment va ta famille ?
- Mon frère est mort.
- Oh... Je suis désolée. »

Elle ne me demande pas pourquoi. Elle ne me demande pas comment. Elle s'en fout, elle veut juste revenir secouer un peu son vieux souffre-douleur pour voir s'il est encore réactif. Mais ça jette un froid, la mort. La mort c'est bien pratique pour décourager une conversation. Tout le monde est mort, circulez, y a rien à voir. En principe. Pour Sybille, il faut bien plus qu'un pauvre petit décès familial. N'osant plus me poser de questions mais aucunement découragée par mon visage chimiquement pur de tout sourire depuis le début de la conversation, elle se lance dans le résumé de son parcours depuis le collège :

« Bah moi je suis restée là-bas jusqu'au bac, et puis après j'ai fait la IPSCEDYR, une école de commerce, et maintenant je travaille à la Défense.
- Original, réponds-je, morne.
- Comment ça, original ?
- Il m'est arrivé de recroiser des gens du collège qui eux aussi sont restés là-bas jusqu'au bac. C'est marrant... Vous avez tous le même parcours, vous avez tous fait des écoles de commerce avec des noms bizarres et vous travaillez tous à la Défense.
- Et alors ? s'étonne-t-elle, brusquement sur la défensive. On dirait un reproche, je me trompe ?
- Pas du tout... Vous êtes des êtres doués de libre-arbitre, c'est un choix que vous faites, de tous vous ressembler, d'avoir les mêmes vies, les mêmes fringues, les mêmes postes, les mêmes amis depuis la maternelle. Après faut juste faire gaffe à la consanguinité, c'est tout.
- T'es vraiment bizarre toi, t'as pas changé ! »

Ça y est, elle est vexée. D'autant plus qu'elle ne sait pas quoi répondre. Personne ne leur a jamais dit ça, aux produits de cette école. C'est sûrement dur à vivre, d'apprendre qu'on est un clone. Le tri est ainsi fait, les meilleurs élèves en prépa ou en droit, les moins bons en école de communication. Et les ratés font l'EPHAPE. C'est de la faute de personne.

Elle tourne les talons et regagne le salon. C'est fou chez les gens, cette facilité à oublier le mal qu'ils vous ont fait.

Quand j'ai recroisé certains connards décomplexés qui me poussaient dans les escaliers ou m'envoyaient des ballons en pleine figure, des garçons qui soudain joignaient les deux mains pour que j'accepte qu'ils m'offrent un verre, j'ai souri. J'ai souri et j'ai dit tu rêves. T'étais où, abruti, quand on m'a assommée contre le mur des chiottes ? Quand on a annoncé avec un haut-parleur que j'avais mes règles pour la première fois ? Quand tes copains me jetaient leurs sacs de cours dans les escaliers pour me faire tomber ? Quand on a baissé mon froc en plein gymnase ? T'étais où ? Avec eux ? Oui bien sûr, prenons-nous la main et allons chez Disney.

Elle avait raison maman, elle est devenue moche, Sybille. Et je m'appelle Eugénie Par Hasard.

VI

Je veux bien qu'il faille inviter au moins un gros plouc à une soirée. Discrimination positive, tout ça... Ces types antibourgeois en chemises à manches courtes qui se déplacent quand même chez les bourges pour les mépriser à domicile. Quand on est jaloux on reste chez soi, question de dignité, mais bon. Le souci, avec le plouc antibourgeois, c'est qu'il va venir vers une personne seule et isolée pour lui faire comprendre qu'il est plus intelligent qu'elle parce qu'il est détaché des biens matériels. En même temps c'est facile d'en être détaché quand on n'en a pas. Et l'autre problème, c'est que cette personne isolée, c'est moi.

« Bonsoir ! s'exclame-t-il, jovial, se frottant mentalement les mains.
- Bonsoir.
- T'as l'air de t'ennuyer, je me suis dit je vais lui tenir compagnie.
- Ah... C'est gentil. »

Mais si j'avais voulu de la compagnie, je serais allée en chercher, Ducon. Comment lui expliquer, à ce garçon fâché avec le dentifrice, que je me passerais bien d'avoir à lui adresser la parole et que je préfère m'ennuyer ? Ou tout simplement que je parle pas aux garçons qui ont les cheveux longs parce que cette faute de goût m'agace tellement que je change de chaîne quand j'en vois un à la télé ? Sauf que là je n'ai pas moyen de zapper.

« Mais je m'ennuie pas du tout.
- Mais si, parce que t'es toute seule.
- C'est pas parce que je parle à personne que je m'ennuie.
- T'es bizarre, comme fille. »

Je réponds pas. Je vais pas dire non. Et puis j'ai aucune raison de me justifier de quoi que ce soit. Je suis chez mon ami, il est content que je sois venue, je fais un peu ce que je veux.

« Tu veux fumer ? »

Il me tend un pétard. Ah c'était ça, le truc qui puait...

« Non. Merci.
- Tu fumes pas ?
- Beaucoup trop. Mais des cigarettes.
- Ah, Marlboro Light..., devine-t-il d'un air de celui qui s'en doutait.
- Non. Gauloises Blondes.
- Wouah la classe !
- Pardon ?
- T'es une rebelle en fait, tu fumes des clopes de prolos !
- J'ai pas fait exprès de pas aimer les Marlboro Light qui sont de meilleur ton.
- Bravo, il en faut des filles comme toi, des vraies. Tu picoles à ce que je vois.
- Un peu.
- Tu te drogues ?
- J'ai arrêté.
- Coke ?
- Nan.
- Héro ?
- Non rien de tout ça. Je suis pas une ratée.
- Ratée, ratée, je te trouve un peu sévère... Tu prenais quoi ?
- Des médocs. »

Ce genre de type, ça veut du cliché. Je regarde ce que j'ai en stock pour pas qu'il reparte trop déçu de sa soirée à visée anthropologique. Je lui réponds sèchement et ça m'est égal. Ça fait longtemps que j'ai arrêté toute bienveillance avec ces gens-là. Ça sert à rien, de les considérer d'égal à égal, de pas penser niveau social, tout ça, de se dire que c'est pas ma faute, ce n'est pas moi qui suis riche, c'est mon père, que j'ai les mêmes soucis humains que toi. Parce qu'eux, de la bienveillance, ils n'en ont aucune. Ils sont pas foutus de te voir autrement que comme ce qu'ils méprisent. Quels que soient mes efforts d'humilité, je reste une bourge. Alors j'ai foutu aux ordures mon côté bobo. J'aime pas les pécores parce qu'ils ne m'aiment pas, réflexe d'auto-défense absurde mais confortable.

Mais il a l'air déçu. C'est légal, les médocs, c'est déjà vachement moins rock'n'roll. Il me demande ce que je prenais et je réponds de l'aspirine. Il croit que je lui ai fait une blague et se force à rire pour m'être sympathique. Je connais même pas son prénom, je vais pas lui raconter ma vie. Même Charles n'a jamais su, pour les médicaments.

Ça a commencé quand j'avais dix-huit ans. Trois jours que j'ai mal au ventre. Pas très mal non plus mais ça fait quand même trois jours. Ma mère m'accompagne chez un généraliste qu'on connait pas. Je comprends pas ce qu'il se passe, dans le cabinet poussiéreux de ce monsieur, et je comprendrai jamais ce qu'il s'est passé. Ça a duré une heure. Il m'a traitée de tous les noms et quand il a eu terminé, il a rageusement écrit le mot Prozac sur une ordonnance. Il a même troué le papier avec son bic sur la lettre z.
J'avais rien demandé moi, j'avais juste mal au ventre, je pensais que tout irait bientôt mieux, que je sortirais de là pour aller chercher du Spasfon à la pharmacie.
J'ai rien compris à ce qu'il racontait, le médecin. C'était pas vraiment à moi qu'il parlait, mais à ma mère. Il parlait de moi à ma mère devant moi comme si j'étais pas là. Je l'entendais, comme de

loin, je me souviens de mots, de fragments de phrases qui me revenaient comme des échos : votre fille... petite conne, vraiment... encore à temps... dépression... grave, danger... déni... neurasthénie... agir... se sorte les doigts du cul... faire quelque chose... toujours vierge... pas normal... Prozac... bonne solution... imbécile... beaucoup mieux, beaucoup beaucoup beaucoup mieux...

On est sorties du cabinet un peu secouées. Ma mère a fait confiance au médecin et moi aussi parce que j'avais mal au ventre. J'ai avalé ma première gélule verte avec un demi pression après avoir trinqué avec ma mère, sans avoir lu la notice. J'ai fait confiance.

On a vu un autre généraliste un mois plus tard, pour mes cauchemars, mes sueurs froides, mes insomnies, mon cœur qui battait tellement fort que j'avais peur de mourir toute la journée et les heures passées en chien de fusil sans rien faire sur le canapé. Deroxat qu'il a dit, le docteur, sans poser plus de questions. Il aurait pas pu demander pourquoi on m'avait mis sous Prozac, non ? Il s'est pas douté une seconde qu'on avait pu me prescrire un traitement dont j'avais pas franchement besoin et dont j'allais mettre des années à me débarrasser ? Non, au lieu de ça il s'est même senti d'humeur généreuse : je vais également vous prescrire du Lysanxia et du Stilnox, vous allez vous sentir mieux.

Ah j'étais bien oui ! Je planais tranquillement. Quand je me sentais seule après avoir avalé mes somnifères, les objets alentour me parlaient pour me tenir compagnie. Jusqu'à ce que ma mère me retrouve à délirer dans le salon au milieu de la nuit. C'est là qu'a commencé la ronde frénétique des médecins. Des rendez-vous chez des psychiatres, des neurologues, un électroencéphalogramme, non, pas d'épilepsie madame, votre fille a un très joli cerveau, bravo. Changements de quartiers, balades en voitures, recherches d'adresses, secrétaires médicales mielleuses, salles d'attente, numéros de Match et de Gala dont les couvertures se détachaient à cause des autres psychotiques et névrosés qui les avaient feuilletés avant moi, mes mains moites qui collaient aux pages, Claire Chazal en vacances qui me restait imprimée à la paume, mes yeux hagards, ma mère qui me prenait la main, ça va aller mon lapin, le médecin qui nous recevait, toujours un grand médecin, toujours un qui avait écrit des livres ou qui était passé à la télé, toujours un médecin plus grand que l'autre, les médecins étaient des poupées russes à l'envers. Plus ils étaient importants, ces médecins, plus ils donnaient de médicaments. Allez paf, un gros gros traitement pour éradiquer ce petit mal-être d'adolescente. Hiroshima pour un petit pois. Bombardements au Lexomil, au Rivotril, au Xanax, au Stresam, au Temesta, à l'Equanil. Un psychiatre qui avait sa propre émission télé dans laquelle il soignait des gens avec des mots s'est senti obligé de défouler sur moi son manque de prescriptions médicamenteuses, c'est lui qui m'a fait la plus grosse ordonnance. Il ne me soignait pas dans son émission, je passais pas à la télé moi, pas besoin de mots pour moi, juste des médicaments. Allez hop, personne ne regarde, avalez-moi tout ça et donnez-moi cinq cents francs. Oui, bien sûr, ils étaient gratuits, les mots du docteur, devant les caméras. Dans son émission, il fumait jamais une cigarette, le docteur. Dans son cabinet, c'était un aquarium. Il m'a soufflé une grosse bouffée dans la figure avant de rédiger mon ordonnance.

  Et puis j'ai finalement trouvé mon confort là-dedans, les bons dosages, les bonnes combinaisons, les mélanges qui me réussissaient et les médicaments qui donnaient de mauvais délires. C'était marrant, en fin de compte, je pouvais décider de ce que je voulais faire faire à mon cerveau en choisissant tel ou tel médicament ; je composais mon état d'esprit pour la journée comme d'autres se composent une tenue pour aller en soirée. Je pouvais prendre jusqu'à quinze Lysanxia par jour. Tiens tiens, une petite contrariété, une amorce d'angoisse, vite, un cachet bleu sous ma langue. Si je voulais bien dormir, c'était deux barres de Lexomil ou un Stilnox au vin rouge. Et puis du Deroxat. Tous les jours. Il paraît qu'il ne faut pas laisser les enfants jouer avec les médicaments. Je ne suis pas sûre qu'on apprenne ça en fac de médecine.

Et puis un jour j'en ai eu marre et ma mère aussi commençait à avoir des doutes sur la nécessité de m'abrutir de cocktails chimiques. Elle s'est mise à me le reprocher comme si c'était ma faute, mon choix. Et mon père a été au courant et m'a traitée de folle. Les médicaments c'est pour les malades, toi t'es pas malade vu que tu vas pas mourir. Ton frère était malade. Toi, tu n'as rien. C'est quoi ces conneries ?
J'ai arrêté. On était en plein mois d'août. J'ai tout jeté à la poubelle. Le lendemain, je hurlais, je pleurais, j'avais des décharges électriques dans tout le corps. J'ai eu quarante de fièvre pendant quinze jours et une infection dans la gorge. On m'a vite racheté mes médicaments. Le médecin de campagne qu'on avait fait déplacer a fait les gros yeux et m'a dit qu'on s'arrêtait pas comme ça. Alors le sevrage a duré trois ans.

C'est beaucoup, quatre années sous antidépresseurs quand on en a pas besoin. C'est tragique, quand on abuse de votre naïveté et qu'on vous fait avaler gratuitement des saloperies à l'âge auquel on commence à choisir ce qu'on va faire de sa vie.

Parce que les antidépresseurs, quand on les prend pour rien, ils ne soulagent pas la douleur, ils vous font accepter les bras grands ouverts une médiocrité dont vous n'auriez jamais voulu en temps normal. Je me suis contenté de petites études de lettres et de petits projets de mariage avec une petite personne avec qui je suis restée deux ans parce que grâce aux médicaments, je le voyais en grand, Alexandre. Quelques fois, je le voyais même en double et je trouvais génial d'avoir tout ça pour moi pour toute la vie. Je vivais sous anesthésie de l'intelligence.

Quand j'ai tout arrêté, je me suis réveillée d'un seul coup comme d'un mauvais rêve. Mais c'est quoi cette vie de merde ? C'est quoi cette existence minable ? C'est quoi, ces copains débiles ? C'est quoi ces chaussures ? Pourquoi j'ai un magazine de mots croisés, que j'ai faits en plus ? Bon allez, il dégage, le presque fiancé ! Et j'arrête les lettres aussi, je ferai jamais rien, avec des lettres. Mon père me propose de travailler pour lui, j'y vais.

L'autre jour, ma mère m'a dit « t'es quand même vachement forte de traverser ce que tu vis en ce moment sans rien prendre ». Oui je suis vachement forte, je fume deux paquets par jour mais elle le sait pas, ça. Il m'arrive de descendre des culs secs de crémant à même le goulot avant d'aller dormir quand Hervé n'est pas là. Je suis vachement forte...

Le garçon au pétard est toujours planté devant moi. Il a vraiment besoin de se raccrocher à quelqu'un. Pourquoi ne rentre-t-il pas simplement chez lui ? J'ai rien à lui dire. J'ai rien à raconter. Quand un proche me demande qu'est-ce que je raconte de beau je dis rien. Parce que rien, c'est vrai. Ah tu veux le détail ? Je me lève vers huit heures du matin aussi agréable qu'un rottweiler, je me colle contre le radiateur parce que j'ai très froid, je mange un bol de céréales en regardant des dessins animés pour gamins de quatre ans, je me brosse les dents sous la douche, je crache le dentifrice entre mes pieds, je mets toujours les mêmes fringues. Si par miracle je ne suis pas trop de mauvaise humeur, j'ai peur que ça change au cours de la journée, alors j'ai des tocs avant de sortir. Je recompte bien tous mes doigts, après j'ai plus qu'à faire les yeux et les dents et c'est parti, je peux descendre. Ça me met en retard alors je redeviens désagréable, je me dis que c'était bien la peine de tenir toute cette comptabilité pour en revenir au point de départ. J'entreprends ensuite ma tentative de suicide quotidienne en prenant le métro malgré la menace terroriste qui court. Puis j'arrive au bureau, à treize heures j'ai fini, je rentre chez moi et j'écris, le soir Hervé arrive gentil et fatigué et je téléphone à ma mère pendant qu'il nous fait des pâtes au pesto, à la tomate, au beurre, à l'eau, aux champignons, à l'huile, je mange trois pâtes, il m'empêche de lire, il me serre contre lui et je m'endors en râlant. Et je fais mes cauchemars. Voilà le programme. Non, rien de beau.

« Mais tu te droguais vraiment à l'aspirine ou tu me fais marcher ?
- Non non, j'étais vraiment accro à l'aspirine.
- Mais tu faisais comment ?
- J'écrasais un cachet que je sniffais avec une paille.
- Ah ouais ?
- Oui, sauf qu'un jour j'avais plus d'aspirine alors j'ai fait ça avec un Efferalgan. Ça a fait des bulles dans mes sinus, du coup j'ai tout arrêté.
- Tu te moques de moi là ?
- Non... »

Il me considère en grattant son bouc, me scanne de la tête aux pieds avec ses yeux rouges.

« T'habites où ?

- Vers la rue du Bac.

- Ouais, il renifle, t'es assez rock'n'roll pour une fille à papa, ça change un peu des pétasses qui sont là ce soir.

- Oui, je suis rock'n'roll : j'écoute Aerosmith... »

J'ai bien fait de la lui lâcher, celle-là. Ça a l'air de l'épater. Il aura pas perdu sa soirée. Merde, j'aurais dû lui dire que j'écoute Sepultura, Rammstein ou un autre truc de dégénéré mangeur d'enfants qui l'aurait fait sursauter mais je serais allée trop loin dans le mensonge. Surtout que j'ai pas menti, pour Aerosmith. J'écoute Aerosmith. Pour moi la musique, c'est ça. Que ça. Il y a des milliards de millions d'autres choses, j'en suis consciente, mais je n'écoute que ça. Depuis que j'ai quinze ans. Personne n'est au courant de ce goût musical exclusif qui n'est pas très glamour, trop ringard, un brin campagnard buveur de Kro qui part en vacances en caravane, un peu trop cheveux gras et tête de mort pour le petit milieu parisien dans lequel je suis classée de naissance. On passait pas ça dans les rallyes, pas non plus dans les boîtes de nuit huppées dans lesquelles Julien organisait des évènements pour clubbers aux synapses hésitantes. Je dis rien. Julien le savait et me traitait de grunge alors que lui aussi, il aimait bien Aerosmith. J'écoute presque jamais. Mais je connais tout par cœur, toutes les paroles de toutes les chansons. Je l'ai pas fait exprès. Ça me prend de temps en temps. De fredonner *Ragg Doll* le matin, *Blind Man* en partant travailler, *Ain't that a bitch* quand ma mère m'énerve, chanter *Hole in my soul* quand je suis de bonne humeur, beugler *What it takes* sous la douche. Ça me va très bien.

Le garçon a souri. Ses yeux se sont arrêtés sur mon sac. Il a vu les deux C de Chanel et son air satisfait retombe comme un soufflé :
« T'es quand même une fille à papa, décide-t-il de conclure.
- C'est un fait, je vais pas m'insurger.
- Mais t'es quand même assez marginale, déclare-t-il comme pour me consoler. Ça me plait bien. »

Me consoler de quoi ? C'est quoi, ce reproche minable ? Pardon, pardon, espèce de con, de pas avoir choisi des parents dans la mouise, c'est ma faute. J'aurais dû faire une fugue, me faire adopter ailleurs, aller dans un foyer pour échapper au label « fille à papa ». Je suis tamponnée sur le flanc, c'est agrafé sur mon oreille. Race gosse de riche. Pardon, pardon. J'écoute Aerosmith, je fume des Gauloises, je ne trompe toujours pas mon monde. Pour quoi faire ? Je suis coupable de quoi ?

Je suis une fille à papa, oui. Mon appartement, c'est papa. Mon job, c'est aussi papa. J'ai un mi-temps scandaleusement payé pour ce que j'en fais, avec mes après-midi où papa laisse sa petite fille chérie rentrer chez elle pour qu'elle bichonne sa fibre pseudo-artistique. Parce que papa, des enfants, il n'en a plus qu'un. J'ai même le droit de pas aller au travail si ma mère décide qu'elle a besoin de moi pour faire les magasins ou si j'ai un rendez-vous. Mes économies, c'est les miennes, avec l'argent de papa. Papa partout. Oui, je suis la fille de mon père, comme toutes les filles du monde : je suis une fille à papa.

La seule chose, et c'est bien dommage, c'est que ça n'empêche pas d'avoir du chagrin. C'est pas son impôt sur la fortune qui va me faire sécréter des endorphines.

Je sais pas quoi lui dire pour prendre congé. Je suis quand même polie. Je cherche un prétexte pour m'en aller. Un truc bien classe. J'ai trouvé :
« Je vais pisser. »

VII

Personne ne danse encore dans le salon. Pas assez tard, pas assez bu, pas assez courageux. Ils sont tous en grappes, en groupes, en paires, leurs lèvres remuent et quand ça arrive à mes oreilles ça ne veut plus rien dire. Ça bourdonne. Je regarde les invités parler de loin et j'essaye d'y mettre le son. De quoi ils peuvent bien se parler ? Qu'est-ce qu'ils ont de si important à se dire, les uns aux autres, pour que ça mérite autant de bruit ? Rien de bien épique, d'après ce que je capte.

« Donne-moi ta carte, je vais te mettre en contact avec machin.
- C'était bien Miami ?
- Donne-moi son numéro.
- J'ai croisé bidule au vernissage de truc !
- T'as reçu mon BBM ?
- Elle est même pas sur Small World.
- C'est ça, la nouvelle Amex ?
- Elle s'est fait refaire le nez.
- Alors ce stage ?
- Et elle a grossi.
- T'as arrêté la fuzac ?
- Trop de coke.
- Je l'ai fait pistonner.
- Non c'est une vente privée, tu veux venir ?
- Non les low-cost, jamais essayé, c'est bien ?
- C'est sa nouvelle collection, c'est top-is-sime !
- Tu m'accompagnes aux toilettes ? J'ai peur, tout seul. »

Ça valait le déplacement, vraiment. Qu'est-ce que je fous là ? Je me serais couchée moins bête en restant chez moi à faire un point complet sur ma vie en mangeant un Big Mac devant une rediffusion des Feux de l'Amour. Pourquoi j'ai pas fait ça ?

Je leur invente d'autres sujets de discussion, plus intéressants. Je décalque d'autres conversations sur les invités. Alors eux, là-bas, ils parlent des feuilles mortes. Des tapis de feuilles mortes de novembre sur lesquels on marche en ce moment. Ils s'échangent leurs astuces pour pas s'en coller sous les semelles. On en arrive aux remèdes de grands-mères pour les petits tracas des mois sans soleil. Alors ça parle miel, thym, tisanes, potions magiques et magie blanche. Le groupe sur le canapé est en plein débat sur le fromage et se divise en deux camps ennemis, le clan du brie et le clan du brillat-savarin. Je me range avec les seconds, forcément, c'est mon fromage préféré. Il y a peu d'élus qui connaissent ce fromage. Le clan du brillat-savarin, c'est le vrai gratin. Le couple près de la cheminée fait des projets de voyage au Japon, ils ont l'intention de passer par la Slovénie et l'Islande, ils ne savent pas trop encore, parce que c'est pas forcément sur le chemin, mais ils sont en train de se mettre d'accord. Le garçon qui semble passionner les trois invités plantés devant lui leur raconte comment il a réussi, après de longues démarches administratives, à changer son prénom, Stanislas, pour enfin s'appeler Jean-Robert-John... Bon j'en ai marre, ça suffit.

Je me donne du mal à m'inventer un monde complètement inutile. Ils sont incurables. Ils sont tous pareils, habillés pareil, ils vont tous en vacances à Saint-Trop', Saint-Barth', ils ont tous les mêmes vies, c'est le collège en plus grand. L'école, c'est fini. On a lâché les fauves aux dents de lait. C'est le collège dans la vie.

Du coup j'essaye de compter les gens heureux. En même temps je sais même plus ce que ça veut dire. Je confonds les sourires avec le bonheur, les rires avec les effets de la drogue, je comprends rien à la joie.

Charles m'a souvent parlé d'une amie avec qui il partageait un appart à Manhattan. Il disait cette fille est extraordinaire, vraiment, la joie de vivre à l'état brut, et tout. Chaque matin, elle se levait en écoutant *What a wonderful world*, il paraît que c'était le secret de sa bonne humeur en acier trempé. Je sais pas pourquoi j'ai repensé à ça il y a quelques temps. M'est alors venue l'idée complètement conne de faire la même chose. Enfin, à quelques détails près car je n'ai pas le matériel, ni les connaissances high tech nécessaires pour remplacer le bruit de mon réveil par cette chanson. Déjà ça m'énerve. Alors à la place, j'ai décidé de l'écouter en boucle avec mon IPhone sur le trajet du travail. Exit Aerosmith. Je vois pas la raison pour laquelle ça marcherait pas pour moi.

Aux premières notes, j'essaye de me décrisper. Je commence à me dire c'est super Eugénie, tu vas au travail, tu vas prendre le métro et voir tes collègues, tu te rends compte ? Quelle joie hein ? Oui d'accord il fait froid et t'as pas assez dormi, et t'as jamais eu envie d'y aller, à ce boulot, admettons. Ouais, je voudrais rétorquer à cette petite voix bien pensante, je me les caille et franchement, je vois pas en quoi se lever à huit heures constitue en soi une source de joie de vivre. Je me retiens. J'essaye même de sourire, même si ça ressemble pas à grand-chose. Jusque là, ça va à peu près. Sauf que souvent, la musique s'interrompt et la sonnerie du téléphone prend le relais, suivie de la voix de papa :

« Fait chier ! J'ai pas reçu le Figaro ce matin, tu me l'achètes sur le chemin ?

- Bonjour papa. D'accord. Bon ben faut que je tire de l'argent d'abord.
- QUOI ? Comment ça ? Tu n'as PAS de monnaie sur toi ?
- Non, non, non, je hurle en rentrant dans le métro, prise en sandwich entre deux gros qui ont déjà pas mal transpiré. NON papa, je n'ai PAS de monnaie ! Je suis pas MILLIARDAIRE ! »

Si c'est pas ça c'est autre chose. Après ça je suis déjà en pétard pour de bon. Et pour toute la journée. J'arrache mes écouteurs avec une telle rage que c'est un miracle que mes oreilles soient encore accrochées à ma tête. Armstrong ne peut plus rien faire pour moi à ce stade. J'ai envie d'exploser mon téléphone sur le bitume. Pour la bonne humeur, on repassera... Échec total.

J'aperçois un garçon que j'ai déjà vu mais à qui je n'ai jamais parlé. Je sais juste que c'est le fils d'une vieille égérie de la chanson française. Pas la peine de savoir laquelle, de toute façon c'est toutes les mêmes, il doit y en avoir une bonne vingtaine de pareilles, le genre qui vit une retraite heureuse dans un mas provençal avec son cinquième mari, celui qui ne la quittera pas, même après l'arrêt du botox. Elle est entourée de rires et d'amis et passe parfois à la télé dans les émissions où les stars périmées viennent se regarder le nombril sous l'œil bienveillant du présentateur. Il est toujours question, à un moment où un autre, des petits plats qu'elle aime préparer pour ses orgies de convivialité. Des plats où il est toujours question de légumes noyés sous des litres d'huile d'olive. Ça nous fait une belle jambe. Je vous donne les ingrédients : une gousse d'ail et une bouteille d'huile ; bon appétit ! On la connait tous, ta recette. Elle ramène aussi son autobiographie, un pavé de plusieurs centaines de pages avec des photos d'elle jeune et vieille sur papier glacé au milieu, et de ses enfants dont tout le monde se fout, du texte qui sert à rien parce que personne le lit, le tout avec un titre du genre « Ma vie, ma déchirure ». Toutes les mêmes.

Une petite brune parsemée de taches de rousseur éclate de rire à ses paroles, les lèvres recouvertes d'une épaisse couche de gloss, on dirait qu'elle vient de manger du gras de poulet. Ce n'est pas elle qui retient mon attention, mais le garçon qui me fixait, caché derrière elle. Il est trop tard pour qu'il détourne les yeux, surpris en flagrant délit d'espionnage, il m'adresse un sourire forcé, insolent.

Un ami de Julien. Qui maintenant vient vers moi. Parce que je l'ai vu et qu'il n'a plus le choix. Parce qu'il me regardait en cachette et doit se racheter une conduite. J'ai pas envie qu'il vienne me voir, ce garçon. Pas le courage de parler, de raconter. Pas besoin de ses condoléances. Trouver un prétexte, vite, quelque chose. Esquiver la conversation. Je regarde partout autour de moi comme si j'étais traquée. Je serais prête, si j'en étais seulement capable, à m'immiscer parmi un groupe de convives et me mettre à acquiescer à leurs propos avec conviction. Si j'avais du culot.

Mon regard qui fouille à la recherche d'une issue de secours s'arrête sur une catastrophe vestimentaire. La fille aux taches de rousseur vient d'avoir un accident de verre de vin rouge sur pull ivoire. Miracle. C'est irrécupérable, me semble-t-il. Mais je ferai comme si je le savais pas. Je vais donner l'impression de me rendre utile car elle a l'air paniqué. Je fonce sur elle :

« Suis-moi je t'accompagne, je sais où est la cuisine.
- Merci c'est très gentil, répond-elle, tellement catastrophée par l'attentat sur son pull en cachemire qu'elle n'est même pas surprise de ma

sollicitude sortie de nulle part. Oh là là regarde-moi ça...
- On va mettre du Perrier, ou du sel, au pire on trouvera du détachant.
- C'est adorable.
- Tu t'es fait ça comment ?
- C'est mon fiancé qui m'a mis un coup de coude, quel imbécile !
- Ah, d'accord. »

    Je me fous de ce qu'elle me raconte. Je pose des questions pour meubler. Je m'efforce d'avoir l'air occupé, je me concentre. Je dois en faire trop. J'ai jamais su enlever une tache de ma vie, le seul détachant efficace que je connaisse c'est maman. Elle enlève comme personne les taches de confiture sur les pyjamas, et de café sur les chemisiers. Je dis n'importe quoi, la rassurer pour sauver son pull me rassure aussi, pour me libérer de l'embarras qui grogne dans le salon. J'en suis à un degré d'angoisse où je lui proposerais n'importe quoi pour enlever sa tache : du poivre, de la Javel, un bouillon cube, du déca, un séjour à Center Parcs... Comme ça je ne pense presque plus au garçon avec qui j'allais devoir parler. De la mort de Julien.

    On s'acharne sur son pull dans la cuisine. Quelques personnes y bavardent à l'abri de la musique qui cogne et ne font pas attention à nous. J'en profite pour utiliser cette fille comme otage. Me lancer dans une conversation, prendre un air sympathique, lui poser des questions, ne pas sortir de la cuisine. Je m'y prends comme un manche :
    « C'est une grosse tache, dis-donc.
- Tu crois qu'on va pouvoir l'enlever ? pleurniche-t-elle.
- On va essayer. Tu l'as depuis longtemps, ce pull ?

- Non je l'ai acheté hier.
- Où ça ?
- Ben ça se voit que c'est un Bompard non ?
- Ah oui bien sûr, j'avais pas fait gaffe.
- ...
- Et... t'en achètes souvent, des pulls ? »
Elle me regarde de travers. Comme les gens qui ne savent pas qu'ils sont piégés par une caméra cachée. Eugénie et l'art d'entamer une conversation avec un inconnu. Ça ressemble à du canular belge. Je me rends compte que c'est la première fois que je vais vers quelqu'un. C'est pour ça que je suis nulle. Il faut encore que je me sorte de là. Avant qu'elle ne comprenne que ça fait trois minutes que je fais absolument n'importe quoi sur son pull, que je suis la dernière personne au monde à savoir détacher un truc, que je suis un imposteur. Comment font les autres, quand ils discutent entre eux ? Ah oui, comme ça :
« Et sinon (bien, le « et sinon », parfait ; ne souris pas de ton exploit, idiote, aie l'air désinvolte !), tu fais quoi dans la vie ?
- Je finis ma psy.
- Ta psy ? (faire répéter : gain de temps)
- Oui, je serai bientôt diplômée.
- T'es dans quelle fac ?
- Descartes. Et toi, tu fais quoi ?
- Pareil.
- Ah c'est vrai ? Tu fais psy aussi ? Où ça ?
- À Grenoble (jamais foutu les pieds).
- T'es de passage à Paris alors ?
- Oui oui (je m'enfonce).
- Et comment tu connais Charles ?
- C'est mon frère (merde).
- Ah bon ? Je savais pas que Charles avait une sœur, réplique-t-elle, sèchement, soudainement contrariée.
- Il ne te l'a jamais dit ?

- Non.
- Bon... J'étais sûrement encore à Limoges à ce moment-là (merde, c'était Grenoble !)... »

Je remercie intérieurement ses amis qui viennent de la rejoindre dans la cuisine car je pense avoir dit un peu trop n'importe quoi. Maintenant il va falloir que je prévienne Charles de notre lien de parenté avant qu'il ait des ennuis. Pour Grenoble, je suis coincée. Pour ce qui est de finir ma psy, si on joue sur les mots j'ai juste un peu menti. J'ai pas étudié la psy, mais j'ai mis un terme avec un psy.

Quand j'ai eu seize ans, ma mère m'a obligée à aller en voir un tous les mercredis pour que j'arrête d'être bizarre, je crois. Elle s'inquiétait parce que je n'avais pas d'amis, elle trouvait pas ça normal. Elle trouvait que j'étais triste aussi. Et puis elle a dû penser que le fait d'avoir un frère mort nécessitait sans doute des visites récurrentes chez un type à qui, un jour, on a filé un diplôme.

C'était un pédopsychiatre. Il était maigre et chauve avec de minuscules yeux noirs et une veste grise, toujours la même. Je pense qu'il devait dormir avec, ne jamais l'enlever, elle était raide comme une armure, elle devait tenir debout toute seule. Il ne prononçait pas un mot, je devais parler la première. Il regardait sa montre toutes les cinq minutes avec le même geste mécanique, soulevant l'ourlet de sa veste grise. Parfois il se passait une demi-heure de silence jusqu'à ce que j'en aie marre et que je dise un truc.

Fallait bien réfléchir avant. Parce que c'était le drame, de dire quoi que ce soit. Parce qu'il était pervers. Il savait que j'étais prude et innocente, que les choses des grandes personnes m'effrayaient et que je savais même pas comment on faisait les bébés. J'avais seize ans et j'en savais rien du tout. C'est pas si grave en soi. Alors il m'écoutait parler et intervenait après, ou pendant, avec des mots et des phrases qui me faisaient comme des électrochocs. Des allusions invariablement sexuelles, mais d'un tel vice et d'une telle violence que je n'ose même pas m'en souvenir. J'étais scandalisée. Scandalisée et mortifiée par ce qu'il se passait apparemment dans ma tête. J'étais bourrée de vices, sale, dégueulasse.

J'étais secouée. Je voulais pas y aller, ma mère insistait. Il faut y aller, arrête tes caprices, répétait-elle comme si j'avais quatre ans. J'osais pas lui dire la vérité parce que j'avais trop honte. Parce que je croyais que les médecins avaient toujours raison et par conséquent, ce connard avait raison lorsqu'il me mettait le nez devant ma perversité.

J'avais rien à lui dire. J'avais sans doute des choses à cracher mais je voulais pas les lui confier à lui. Avec sa sale tête de pervers. Alors je lui racontais mes rêves et mes cauchemars, juste ça. Il me laissait parler et ne m'interrompait que pour me dire des trucs dégueulasses :

« Je rêvais que je marchais sur des plates-bandes alors je...
- Des plates-BANDES, dites-vous ?
- Euh... oui oui. Bon, et puis j'ai regardé par terre et j'ai trouvé un stylo.
- Un pénis.
- Non, un stylo.
- Bien sûr, bien sûr, continuez...
- Et là sont apparues trois personnes au coin de la rue et...
- Une partouze.
- C'est quoi une partouze ?
- Plus tard, plus tard, continuez...

- Après je suis allée vivre avec ma tante dans un appartement style Art Déco mais qui faisait seulement neuf mètres carrés.
- C'est très étroit. Le symbole de la sodomie.
- C'est quoi la sodomie ?
- Après, après. Ensuite ?
- C'est tout.
- Bien bien...
- Ça veut dire quoi alors, ce rêve ?
- Ça veut dire que vous vouliez faire des partouzes quand vous étiez déjà toute petite.
- Ah. »

Bon. C'est sûrement vrai puisque le docteur le dit. Mais en même temps moi je sais pas ce que c'est, une partouze.

Ce jour-là, ma mère est venue me chercher en voiture. Quand je lui ai demandé c'est quoi une partouze elle a fait un bond sur son siège. Quand elle m'a demandé pourquoi j'ai répondu que le docteur avait dit que j'avais envie d'en faire. Et quand elle a entendu ça on a failli avoir un accident. Je m'en souviens bien, c'était devant le fleuriste. On a renversé un grand sapin et ça a décoiffé une mamie qui sortait de chez le coiffeur.

Je lui ai tout raconté finalement. Tout ce que disait le médecin. J'ai pas osé tout dire non plus parce que c'était trop dur (Dur ? Hum...) et que j'avais honte et que je me suis mise à pleurer et à vomir. Elle a changé de couleur plusieurs fois, maman. J'ai jamais été obligée d'y retourner.

Pédopsychiatre, mon cul. Pédophile, oui...

On dit que les Français sont les premiers consommateurs mondiaux de psy, de médocs et de cannabis. Dieu merci, personne ne m'a forcée pour le troisième record. J'ai réussi à échapper au shit. C'est là que je peux crier victoire. Quoique sans avoir jamais pris de drogue, j'ai quand même fait de lourdes descentes...

J'ai pas bougé de la cuisine. Je me suis assise sur un plan de travail et je balance mes jambes dans le vide. J'ai pas pied.

J'écoute la fille à la tache parler avec ses amis. Il est vingt-deux heures six, ça doit être l'heure des potins. Gros plan sur une fille qui a raté son suicide il y a quelques semaines. Ils ont l'air de tous la connaître, mais de loin. Et de bien s'en amuser, aussi.

À les entendre glousser, je me demande si mes oreilles n'auraient pas raté une ou deux répliques hilarantes. J'ai envie de poser une question à la fille à la tache, qui n'est pas en reste dans l'éclat de rire général. D'où te vient cette vocation ? Est-ce le besoin d'aider les gens en détresse qui t'a poussée à choisir cette voie ? Ou bien as-tu juste envie de te foutre d'eux ? Tu te moques des handicapés aussi ? On apprend quoi en fac de psy, à part se donner l'impression de tout savoir sur l'être humain ? Ça te donne du pouvoir ? Tu fais ça parce que jusqu'à la retraite tu te donneras le droit de te sentir supérieure à tes patients ?

Quand bien même elles me tueraient, je préfère vivre toute ma vie avec mes névroses que de retourner consulter.

Dire que j'ai enlevé une tache à cette tache.

VIII

Je cherche Charles. Je veux pas le mettre dans une situation embarrassante. S'il apprend qu'il a une sœur psychologue à Grenoble alors qu'il est fils unique, il risque de faire une drôle de tête. Et de m'en vouloir.

Je remonte le couloir à contre-courant. Je me heurte à des rochers en forme de gens, des manteaux me ralentissent, des mains-algues me frôlent et me donnent des allergies à l'être humain, je bois la tasse plusieurs fois avant d'arriver en eaux calmes. Retour dans la salle à manger histoire de reprendre ma respiration. Caroline m'a vue passer, m'a regardée et mon portable a sonné. J'ai décroché, elle s'est éloignée. Merci, merci Hervé.

Mon cœur ralentit tandis que je me fonds sur une tapisserie.

« Allô, je hurle.
- Ma chérie ? Mais t'es où là ?
- À une soirée. Chez un ami.
- Un ami ?
- Oui, j'en ai quelques uns...
- Tu aurais pu me prévenir, je suis devant ta porte.
- Mais ça s'est décidé à la dernière minute.
- C'est où ? Je passe te chercher.
- Non, non. Je vais bientôt rentrer, t'as qu'à m'attendre.
- Franchement Eugénie je sais pas ce que t'as dans la tête ! Je te trouve vraiment gonflée !
- Faut pas t'énerver Hervé...
- Ah ah ah, c'est très drôle ça ! »

Je m'aperçois du jeu de mots après coup et éclate de rire dans le micro. Il ne dit plus rien mais je devine qu'il est hors de lui pour de bon.

Il n'aime pas que je rie toute seule, Hervé. Ça le met en colère. Il est tellement égocentrique qu'il pense que je me moque de lui.
J'ai peut-être arrêté de pleurer, je fronce peut-être les sourcils quoi que je fasse. Mais j'arrive à rire. Souvent et souvent seule. Alors Hervé se fâche si je ris dans une autre pièce que lui. Il est arrivé dans ma chambre presque en courant l'autre jour, l'œil mauvais :
« Pourquoi tu rigoles ? me demande-t-il comme si je devais me justifier d'une bêtise.
- Pour rien, pour rien ah ah laisse-moi ! »
J'étais vautrée sur mon lit avec tout un tas de bouquins pour enfant que je venais de m'acheter. J'avais demandé à ma libraire donnez-moi des choses marrantes qui soient pas des trucs d'adultes. J'étais en train de lire *Je ne t'aime pas Paulus* en me tortillant de rire.
« Ouais ouais... »
Il a considéré le tas sur mon lit, le tas de moi, de Soledad Bravi, d'Agnès Desarthe, d'Anne Fine, de Marie Desplechin, des « Monsieur et Madame » comme un bunker anti tristesse. Il a secoué la tête et il est reparti dans le salon. J'avais vraiment rien fait de mal.

Julien, c'était pire. Il ne supportait pas que quoi ou qui que ce soit d'autre que lui me fasse rire. J'étais censée ne rire qu'à ses blagues ou qu'aux trucs drôles qu'il pouvait faire. C'était tout. Il était jaloux. J'ai jamais compris. Je me souviens du scandale qu'il a fait un jour devant Fort Boyard. Je ne sais plus pourquoi on regardait Fort Boyard ce soir-là, je mettrai ça sur le compte de la fatigue... Passe-Partout et Passe-Temps ont fait un truc marrant en arrière plan et j'ai explosé de rire. Alors Julien s'est levé et a éteint la télé. Il était furieux.

« Tu trouves ça drôle ?... Je répète : tu trouves ça drôle ?
- Qu'est-ce qu'il t'arrive ? J'ai pas le droit de rire ?
- Tu me fais honte Eugénie ! »

J'ai arrêté de rire. Plus le droit. Plus envie. Il est parti en claquant la porte. Il est revenu dix minutes plus tard, calmé, et n'a plus dit un mot jusqu'au lendemain.

Puis un soir, j'ai commis l'irréparable. Je n'ai pas ri à une réflexion spirituelle qu'il jugeait fort brillante lors d'un dîner important. Tout est tombé à plat. Il m'a insultée une fois seuls. Je ne l'ai pas revu pendant trois jours. Pendant trois jours je m'en suis voulu. J'avais oublié de rire. Je ne m'étais pas forcée. Je pensais à autre chose à ce moment-là. Quelque part, je me dis qu'il est peut-être mort à cause de ça.

« T'es calmée ?
- Oui, excuse-moi Hervé d'avoir ri...
- C'est de l'ironie ?
- Je sais pas trop.
- Tu sais quoi Eugénie ? Je vais pas t'attendre. C'est terminé, je te quitte.
- Ah bon ? Mais...
- Non non, y a pas de mais ! Je te quitte. J'en ai marre de perdre mon temps avec toi. T'aimes rien, t'aimes personne, t'as jamais envie de rien, j'en ai marre.
- Mais...
- Arrête Eugénie ! Ça fait des mois que j'essaye, des mois que je te dis que je t'aime et que tu changes de sujet. Des mois que tu me prends pour un con, et là ma grande, tu t'es assez foutue de ma gueule !
- Je suis désolée...

- Non t'es pas désolée. Pas du tout. Ne mens pas, Eugénie, t'es qu'une sale petite garce. T'as même pas d'âme ! »
J'ai voulu me défendre mollement, j'ai soupiré et il a raccroché. Terminé, Hervé.

Il me quitte parce que j'ai ri, l'autre m'a punie parce que j'ai pas ri. Ou pas quand il fallait. Qu'est-ce qu'il faudra que je fasse, la prochaine fois ? Mais bordel, qu'est-ce que je leur ai fait, aux garçons, pour mériter tant de mépris ? Qu'est-ce que je leur ai fait pour qu'ils me détestent ? J'ai pas le droit de choisir toute seule le moment où j'ai envie de rire ? C'est complètement con, c'est absurde de freiner quelqu'un de cette manière, de lui enlever sa spontanéité. C'est de la dictature.

J'ai envie d'arracher cette tapisserie derrière moi, de m'enrouler avec et de rentrer chez moi pour qu'on me voie pas. Sauf que plus personne ne m'attend alors j'ai plus envie de rentrer chez moi et je laisse la tapisserie là où elle est.

« Un souci ? »
C'est le plouc de tout à l'heure. Il n'est plus tout seul, il s'est trouvé un acolyte mal rasé, chemise à carreaux et écharpe informe avec qui il roule des joints et il tient à lui montrer qu'il connaît une fille à papa. Ils me regardent en chœur, les yeux vitreux. Putain les mecs, vous voulez une photo ? C'est pour un documentaire ? Ma gueule en sticker pour un album Panini sur les gens qui foirent leur vie ? J'imagine les gosses dans la cour de récréation :
« T'as pas la douze ?
- Eugénie ? Si, je l'ai en double ! Je te l'échange contre Robert U.

- Mais t'es malade ! Robert U il est en 3D, c'est collector ; dans ce cas donne moi aussi une candidate de Fred le Fonctionnaire, n'importe laquelle. Ou alors d'une autre émission de télé réalité.
- Marché conclu. »
C'est dire...

« Non, ça va.
- Juste un coup de fil désagréable ?
- On n'a qu'à appeler ça comme ça.
- C'était qui ?
- Un garçon. Enfin, un ex maintenant.
- Ah tu t'es fait larguer ?
- Oui, encore.
- Pourquoi encore ?
- Rien. Pour rien.
- Tu vas pas retomber dans la came j'espère, rétorque-t-il en me piquant mon sarcasme.
- Ne t'inquiète pas pour moi.
- Une jolie jeune fille comme ça, ce serait dommage.
- Sûrement...
- T'as fait une désintox ? me demande son copain qui semble sur le point d'avoir une érection à l'idée que je puisse tomber plus bas que terre.
- Mais non, l'interrompt le premier en me montrant poliment du doigt. Elle sniffait de l'aspirine.
- De l'aspirine ? C'est vrai ?
- Moui...
- La vache ! T'es une drôle de fille toi !
- Et ouais... »

Ils me regardent avec un brin d'admiration. Deux explorateurs fébriles collés à leurs jumelles observent un phénomène inattendu et prennent des notes en vue d'un Nobel.

Je m'éloigne et les laisse à leurs fantasmes. Je m'éloigne et je commence à comprendre que j'ai perdu Hervé. Peut-être que je m'en foutais pas tant que ça. Il avait ses bons côtés. Il ne comprenait rien mais il s'occupait bien de moi. Il dormait avec moi. Il était patient. Je l'ai malmené, ignoré, méprisé. Maintenant je suis seule. Une pauvre tache, seule.

Retombe pas dans la drogue... Pauvre abruti, si tu savais ce que je donnerais là, tout de suite, pour faire fondre cinq barres de Lexomil sous ma langue et faire passer le goût avec quatre ou cinq demis, d'aller me coucher et dormir... Dormir des siècles pour oublier Julien et avaler deux Temesta demain matin.

IX

La cohue. La musique plus forte. Les gens toujours plus nombreux. Une pâte humaine d'inconnus. Des visages anonymes. Ou presque, j'ai aperçu un visage sur lequel je mets un nom, Jean-Eudes. Non, non, surtout pas lui ! Vite, détourner les yeux, faire comme si je l'avais pas vu, trop tard, son regard accroche le mien, obligation de faire la grimace, sourire constipé, est-ce que ça fait naturel ? Bon, est-ce que ça lui suffit ? Non, merde, il vient vers moi.

Tandis qu'il fend la foule je me dis c'est pas grave, Eugénie, c'est pas grave, demain c'est samedi, demain tu vas te réveiller et tu prendras ton petit déjeuner devant France 5, comme tous les samedis et dimanches, les seuls matins ou tu te lèves de bonne humeur car tu sais que tu vas manger des tartines grillées au beurre salé et à la confiture de mûres devant « Silence, ça pousse », avec les présentateurs rigolos qui se font de petites blagues dans des jardins merveilleux, « Échappées belles », avec la fille qui pose tout un tas de questions à des gens sur toute la planète, mais surtout l'émission sur la gastronomie, son générique moisi avec le monsieur qui aime tout le monde et qui n'arrête pas de dire à des gens moches qu'ils sont très beaux et les bécote en continu tout en les regardant remuer des casseroles. Tu adores ça, regarder les merveilles qui sautent dans les poêles, qui mijotent dans des fait-tout en cuivre et qui finissent présentées dans une assiette à te donner envie de lécher l'écran. Pense à demain matin, Eugénie, pense à France 5. Et aux tartines.

Jean-Eudes ne m'a rien fait personnellement, c'est juste qu'il m'énerve. Je ne le connais pas très bien non plus, je ne l'ai croisé que lors de soirées chez Charles. Voilà ce que je ne comprends pas, Jean-Eudes est un vieux beau mondain cramé aux ultra-violets qui a la quarantaine bien sonnée. Qu'est-ce qu'il fabrique dans des soirées où la moyenne d'âge a quinze ans de moins que lui ? Ça le rajeunit ou il est pas assez mature pour avoir des potes de son âge ? C'est peut-être ça, en fait, ce type est encore plus con qu'un prof d'EPS, à cela près qu'il est cultivé. Il a l'arrogance de ces aristos qui descendent de Louis XIV par l'escalier de service. Il ne se souvient jamais de mon prénom, me le redemande à chaque fois, se permet des réflexions sur ma façon d'être et engage la conversation sur un quelconque sujet dont le but est de me faire comprendre qu'il sait tout mieux que moi. Le genre de type qui explique au boulanger comment on fait du pain, qui donne des leçons d'Histoire de France à un agrégé d'Histoire de France, qui explique à un ophtalmo comment c'est foutu, un œil. Je dois à peine exagérer.

Allez, on s'embrasse.
« Rappelle-moi ton prénom ?
- Philippine.
- Ah c'est ça, je me souvenais bien que ça commençait par un F.
- Tu as vu juste.
- Ça va Philippine, ce soir ? Je te trouve un peu éteinte.
- Non, je suis toujours comme ça, je réplique sèchement.
- Ah.
- ...
- Et sinon, tu fais quoi déjà, dans la vie ? »

Pas question de lui raconter que je vais bientôt me faire publier, si je lui tends cette perche il va m'expliquer comment on écrit un livre. Si je lui donne le nom de mon éditeur, il va m'expliquer sa politique éditoriale et m'improviser un cours sur les rouages de l'édition. Si je lui parle de la promotion, il va m'en détailler les tenants et les aboutissants en plaçant quelques conseils bien avisés, du genre te mets pas le doigt dans le nez devant une caméra... Et je vais me sentir toute petite face à ce puits de science, ce catalogue humain de connaissances. Ça ne me dit trop rien.

« Je travaille avec mon père.
- Mais encore ?
- Bah, c'est tout. »

Je travaille avec mon père, qu'est-ce qu'il veut savoir de plus ? Mon poste, mes tâches ? On s'en fout, du poste et des tâches : je travaille avec mon père, ça suffit largement.

Parce qu'il ne le connait pas, mon père, c'est sûrement pour ça qu'il me pose ces questions déplacées. Non, il n'est pas connu, ou si peut-être un peu, peut-être sûrement même, dans son domaine, j'en sais rien à vrai dire. Tout ce qu'il y a à savoir, c'est que je travaille avec LUI.

Mon père. Le personnage le plus improbable qu'il m'ait été donné de rencontrer. Je ne suis pas la seule dans ce cas. Mon père est normalien. Je ne comprendrai jamais ce que ça veut dire, normalien. Pourquoi cette école s'appelle l'École Normale ? Est-ce qu'ils sont tous comme mon père, ceux qui sortent de là ? Ça m'a toujours dépassé, parce que mon père n'est pas normal. Quand j'étais petite, je croyais qu'il s'agissait d'une école pour devenir normal et en grandissant je m'étonnais que mon père en soit diplômé. Plus tard, j'ai appris qu'en gros, c'était l'école la plus difficile, que c'était pour les gens les plus intelligents. Bon d'accord. Mais les gens les plus intelligents, ils sont pas fabriqués pareil que les autres dans leur tête.

Il est peut-être normalien, il est peut-être docteur en physique de je sais pas quoi, il n'empêche qu'il ne sait pas mettre une cassette dans un magnétoscope alors qu'on est passé au DVD, ni mettre en marche le micro-onde, qu'il me téléphone parfois pour que je l'aide à distance à régler le volume de la télé quand ma mère n'est pas là et qu'il me dit à bientôt quand il sait qu'il me revoit dans cinq minutes. Parfois, mon père, c'est un peu une blague.

Mon père est un chef d'entreprise brillant qui connait des formules, des équations, des résultats, des théorèmes et d'autres choses absolument imbitables tant qu'inutiles dans la vie de tous les jours, mais les relations humaines, ça, il connait très mal. Certaines personnes qui le connaissent l'appellent Le Figaro, parce que le peu de fois où ils l'ont aperçu, ils ont juste entendu un bonjour sortir de derrière un journal. Je suis la fille du Figaro, papa est un journal de droite. Je suis la fille dont il est fier et à laquelle il ne comprend rien. La fille dont il est fier avec laquelle il ne sait pas y faire.

Dès que j'ai eu deux ans, il m'emmenait faire des promenades de plusieurs kilomètres dans les jardins du Château de Versailles. Après le déjeuner, il m'asseyait sur le rebord de la baignoire pour me coiffer. Il tirait tous mes cheveux de bébé pour les ramener en queue de cheval au sommet du crâne et me les attachait avec un élastique en caoutchouc qui me faisait mal. Puis maman mettait mes pieds dans des babies, mes pieds tellement potelés qu'ils débordaient des lanières en cuir.

On prenait la voiture, papa et moi, il me mettait de l'opéra et quand j'en avais marre des requiem, je lui demandais papa, tu mets monomonomonomono ? Alors il prenait la cassette de Ray Charles et la rembobinait sur *Hit the road Jack*. On se garait et les choses sérieuses commençaient, on marchait des heures. Arrivés dans les grandes allées bordées d'immenses pots en pierre, il me faisait monter dessus pour y coller mon oreille : « Écoute, là-dedans on a enfermé des petits enfants parce qu'ils n'ont pas été sages. » J'écoutais attentivement la voix de mon père qui se cachait derrière le pot et pleurnichait des notes aiguës : « Je veux sortir de là, j'aurais pas dû faire de bêtises, oh que je suis malheureux. » Redescendue sur la terre ferme, j'entreprenais soudain de grandes enjambées en envoyant voler la poussière. Pas plus haute qu'une bouteille dans ma salopette, ma main dans celle de papa, je me disais « j'ai vachement de chance, moi, d'être en liberté ». Je pensais à tous ces enfants enfermés dans ces milliers de pots, ça me rendait malade.

En rentrant, il m'affirmait dans la voiture qu'il connaissait tous les gens de la terre entière. Je pointais mon doigt en direction des gens : et lui, il s'appelle comment ? Jean-Michel, Marianne, Pierre, Nicolas, Isabelle, Nathalie, Jean-Michel, Marie-Thérèse... Je trouvais qu'il y avait un peu trop de Jean-Michel, c'est comme ça que sont apparus mes premiers doutes. Mon père est un escroc qui s'auto-prénommait Papa Mignon et je me suis fait arnaquer par ses conneries.

Le soir, il me faisait la lecture de *Bécassine*, de *La Famille Fenouillard* en m'expliquant que c'était la famille de maman et vers huit ans, il a commencé à me lire *Le Père Goriot* : « Regarde comme c'est un papa malheureux à qui ses vilaines filles ont tout pris, regarde, je serai comme ça moi aussi plus tard, un papa très malheureux... » J'en avais rien à foutre, du Père Goriot, il était chiant comme la mort, ce vieux, mais mon père se fâchait si j'écoutais pas.

Il y a quelques années, je me suis effondrée un matin sur le sol de la cuisine à cause d'un mauvais mélange de médicaments. Il m'a vue mais a tranquillement fini son bol de café avant de se lever pour m'ausculter les côtes du bout de son chausson, « hé, ça va pas, pourquoi t'es par terre ? ». Voilà qui résume tout.

Ce monsieur que je côtoie quasi quotidiennement depuis bientôt vingt-sept ans avec qui je n'ai jamais pu avoir une discussion sérieuse en dehors des engueulades post-bulletins de deuxième trimestre. J'ai laissé tomber maintenant, avant je m'acharnais, je l'accompagnais marcher des heures, en ville, à la campagne, il adore marcher, il adore que je vienne avec lui, maintes fois j'ai essayé d'en profiter pour parler avec lui. Je n'ai jamais eu droit qu'à des réponses stériles :

« Papa, en ce moment j'essaye d'arrêter les antidépresseurs, je pensais qu'on pouvait arrêter comme ça mais le sevrage est très long, tu sais ?
- Oui oui... Rha ! Regarde-moi ça, des canettes de bière en pleine forêt ! À tous les coups c'est des communistes !
- D'accord. Bon, papa, je me demandais, t'aurais pas voulu que je fasse autre chose comme études, je sais pas moi, quelque chose de plus élevé, t'es pas déçu que je fasse juste une fac de lettres ?
- Les études ça sert à rien. Dis-donc, ça se couvre, le temps...
- Ça te va bien de dire ça, pourquoi t'as fait toutes ces études, toi, si ça sert à rien ?

- Parce que j'étais très malheureux quand j'étais petit, je suis né pendant la guerre, on était pauvres et mon frère était le chouchou. J'ai fait mai 68 et j'avais les cheveux longs. T'as vu là-bas ?
- Oui c'est un arbre, il est très joli. Mais c'est quoi exactement ton travail, tes sociétés, tout ça ? J'y comprends rien.
- Je suis un Papa Mignon qui gagne beaucoup d'argent pour que maman dépense tout.
- Ça m'avance pas des masses, comme réponse.
- ... Attention, marche pas dans la bouse...
- Au fait papa, maman t'a pas raconté mais hier je me suis fait enlever par une famille d'ours, je pense qu'ils m'ont prélevé un rein et qu'ils l'ont envoyé à mamie par la poste.
- Ah oui ? Oh regarde ! Une fourmilière !... »

Combien de fois j'ai été tentée de lui casser une branche sur la tête ou de le pousser dans le canal en hurlant mais sors de ton dessin animé, papa ! Putain, mais y a quelqu'un là-dedans ?

J'ai jamais rien compris à mon père. Papa Mignon gagne beaucoup, beaucoup d'argent alors que le fric, il s'en fout. Il déteste les bourgeois, il aime pas les belles voitures, il trouve que le golf est un sport d'attardé, il s'habille comme un daltonien et moi j'ai toujours rien compris à ce qu'il fait dans la vie. Alors c'est une vraie réponse : je travaille avec mon père mais je sais pas ce que je fais. Je travaille avec mon père, c'est tout ce que je sais.

« Oui, c'est tout.
- Mais c'est quoi exactement, comme travail, c'est dans quel domaine ?
- Je suis dans une boîte de pub, je fais rien de spécial, j'ai un poste flou.

- En gros, tu sais pas ce que tu fais dans la vie.
- En gros oui, c'est ça. »
　　Je lui adresse un sourire estompeur d'ironie, le sourire de quand je me dis que je suis allée trop loin. Il n'y a pas vraiment fait attention, il a tourné la tête vers le couloir, cheveux gris au vent dans un courant d'air. Je suis furieuse d'avoir souri pour rien. Je vais en profiter pour disparaître de sa vue mais il cale un bras vigoureux autour le la taille de Sybille qui passe par là et lui dit chérie, je te présente Philippine.
Me voilà bien. Paris est petit, les gens s'accouplent ou copulent avec une facilité déconcertante les uns avec les autres, il faut réfléchir deux fois avant de dire n'importe quoi. Je me sens rougir d'embarras. Je comprends pas pourquoi d'ailleurs, je devrais pas rougir devant cette paire de cons. Sybille fait des yeux ronds, regarde Jean-Eudes d'un œil circonspect, se retourne vers moi et lui dit :
　　« Mais elle s'appelle pas Philippine, elle s'appelle Eugénie.
- Ah ? Mais non, tu t'appelles bien Philippine...
- Non, je te dis qu'elle s'appelle Eugénie, on était ensemble à l'école, je la connais quand même, je sais même qu'elle est écrivain.
- Mais non, elle travaille chez son père.
- Mais tu te moques de moi ou alors c'est toi, Eugénie, qui te moques de nous !
- Pas du tout, je m'appelle Eugénie. Philippine, c'est mon pseudo d'écrivain.
- Ah parce que tu ne travailles pas avec ton père alors ?
- Si, je coécris un essai sur le monde de l'entreprise avec mon père.
- C'était pas un truc sur la constipation, tu m'avais pas dit ça ?
- Ah non Sybille, tu dois confondre avec quelqu'un d'autre.

- Ah bon... »
C'est elle qui finit par rougir, c'est moi qui m'en sors bien. Ça n'aurait pas été une catastrophe diplomatique, mais je me suis bien rattrapée. Heureusement que Caroline n'est pas passée par-là elle aussi, me dis-je avec le cœur qui cogne, ou l'ami de Julien. Je m'en moque, d'affronter des gens sur mon prénom, sur mon métier, sur mon bouquin, mais sur Julien, je ne peux plus. Sur Julien, je ne pourrais pas me contrôler. Si on me parle de Julien mort, c'est moi qui risque de mourir. Je veux pas mourir chez Charles. Je veux pas mourir ce soir.

Et surtout pas mourir devant des gens qui parlent de moi juste en face de moi, ça me mettrait pas à l'aise, de mourir comme ça. Ça me rappellerait trop l'école, quand les filles de ma classe parlaient dans mon dos quand je pouvais tout entendre :
« Hé ! T'as vu ses chaussures vernies ?
- Le pire, c'est la jupe plissée et les tresses, non mais elle a pas compris qu'on était en sixième et plus à la maternelle, elle est trop conne. »
J'étais trop bébé pour ces gamines de douze ans déjà fringuées en mini putes et je n'avais pas mon mot à dire, c'était ma mère qui m'habillait, point final. Rien à dire pour ma défense parce qu'en plus, j'étais une fifille à sa maman même pas rebelle, encore pire.
« Tu crois qu'elle a déjà embrassé un mec ?
- Non elle craint trop, personne voudrait d'elle, et puis elle est tout le temps toute seule de toute manière, elle a même pas de copines.
- Ouais c'est vrai elle sert à rien.
- Je suis sûre qu'elle joue encore aux Barbies, tiens.
- Faut bien qu'elle s'occupe, elle doit s'ennuyer. »

Je m'occupais oui, seule, en effet. Depuis toute petite. Pendant que les autres étaient entre elles, jouaient ensemble et plus tard comméraient, se maquillaient et traînaient dans la rue, je restais enfermée les mercredis et les week-ends. J'étais même très occupée, seule, à faire des collages, des montages, des dessins de fenêtre à coller sur les murs des pièces aveugles, inventer des histoires ou une nouvelle langue, des formules magiques, des illustrations de livres qui n'existaient pas, des pliages en trois dimensions, des tours de passe-passe, je montais des scènes et des pièces de théâtre avec des figurines, je reconstituais la crèche en Légo ou avec Barbie, Ken et Shelly, le bébé de Barbie, il me manquait trois autres Ken pour faire les rois mages mais maman voulait pas et Mattel ne faisait ni ânes ni bœufs ; ça a bien fait rire ma mère que la maman de Jésus ait les seins à l'air et ça m'a vachement vexée, j'avais essayé de coller à la réalité et ne lui avais trouvé qu'une cape bleue pour l'habiller.

J'ai vingt-six ans et toujours pas de groupe de copines qui gloussent. J'aime ni les fringues, ni le maquillage, ni les boutiques, ni les cancans, je n'ai donc aucun sujet de conversation. Alors mon seul copain, c'est Charles.

J'ai vingt-six ans et je n'ai rien pu garder de mes illusions. Quand j'étais petite, je croyais que les méchants cerfs dans Bambi viendraient dans ma chambre si je n'allais pas dans une autre pièce quand j'écoutais le disque avec l'histoire. Que c'était pas le Pont de Tancarville mais de MONcarville à moi. Que quand on devenait grand on construisait soi-même sa maison, sa voiture, sa machine à laver... Que le cancer était juste une maladie qui rendait temporairement chauve. Que les bébés naissaient en pyjama. Que les adultes avaient un œil derrière la tête pour nous surveiller dans la voiture, merci maman. Qu'il faisait très froid au Pôle Nord et très chaud au Pôle Sud. Qu'il y avait des rayons laser qui nous dénonçaient si on faisait pipi dans la piscine. Que pour fabriquer des collants, tenez-vous bien, il fallait mélanger du sucre, de la farine et de l'eau, étaler avec un rouleau à pâtisserie et découper la forme des jambes dans la pâte. Que la ville de mes grands-parents s'appelait "Sa Tendresse"...

Mais aujourd'hui j'ai compris que Walt Disney ne pouvait nous faire du mal qu'avec ses mensonges. Que je ne passe presque plus sur ce pont, qui est définitivement celui de Tancarville. Qu'une maison, une voiture, une machine à laver, ça s'achète en travaillant dans un bureau. Que le cancer, ça fait plus qu'enlever les cheveux, ça m'a enlevé un frère tout entier. Que les bébés sont expulsés dans le sang et la merde. Sans pyjama. Qu'aucun œil ne m'est poussé à l'arrière du crâne à ma majorité. Qu'il fait très froid dans les deux pôles. Que si tu pisses dans la piscine, personne ne le saura, ta conscience se chargera juste de te traiter de gros dégueulasse. Que j'avais rien envisagé pour les bas résilles. Que la ville de mon grand-père s'appelle bien Sainte-Adresse ; la tendresse est partie quand ma grand-mère est morte.

Michael Jackson, mort lui aussi il y a un an et demi, explose dans les enceintes. Jean-Eudes beugle pour couvrir *Thriller* :

« Mais dis-moi, tu sortais pas avec un certain Julien ?
- Un quoi ?
- Un cer-tain Ju-lien !
- Non, je connais pas de Certains Juliens.
- D'ailleurs, il est revenu, ton mari ? intervient Sybille avec un excellent sens de l'à-propos.

- Euh, oui, je bredouille en me grattant le sommet du crâne.
- Je savais pas que tu étais mariée ! s'exclame Jean-Eudes. C'est qui ? On le connaît ?
- Allez, présente-le-nous ! »

Hors de question que je leur présente mon mari. Déjà j'en ai pas, et quand bien même j'en aurais un, je ne leur montrerais pas. À cause de la curiosité malsaine de Sybille, de la curiosité mondaine de Jean-Eudes. Ce qui les intéresse, c'est juste de savoir qui c'est. Qui Eugénie a épousé et quels réseaux les relient les uns aux autres. Ça ne les regarde pas. Ils veulent jeter un œil à la marque de sa chemise, le choix des boutons de manchette, le modèle du BlackBerry, estimer le prix de sa montre. Merci bien, ce n'est pas un phénomène de foire. Je tiens à protéger ce mari que je n'ai pas.

J'ai un peu peur, là. Sybille et Jean-Eudes se tiennent par la taille et s'attendent à me voir réagir, tourner les talons et partir à la recherche du monsieur qui les intéresse. J'ai les tempes qui battent. Ils se trouvent interrompus dans leur attente par une fille qui se jette sur eux pour les embrasser. Je me dis que j'ai gagné. J'ai plus qu'à filer en douce. Embrassades parfumées, exclamations aiguës, déclarations d'amour, le moment est bien choisi.

Mais cette fille qui les appelle mes petits loups chéris, mes amoures adorées, c'est Caroline. Ça devient dangereux. Je suis dans la merde. Tout devient électrique sous ma peau, un goût métallique me remplit la bouche et j'arrive plus à bouger les jambes.

« Allez, tu vas le chercher, me presse Sybille, impatiente, Caroline encore pendue à son cou. J'ai tellement hâte de le voir !
- J'y vais, dis-je, le sourire assuré.

- Chercher qui ? demande Caroline tandis que je me retourne.
- Son mari.
- Son mari ? »

Paris est beaucoup trop petit. Je m'enfuis.

X

J'avance dans le couloir comme si j'étais dans le noir. J'avance dans le couloir, vite mais pas trop, comme un criminel qui a vu un flic en civil. Ne pas éveiller les soupçons mais me mettre à l'abri. Rentrer chez moi pour plus qu'on me parle de Julien ni de mon mari ni de moi ni de rien.

J'entre humiliée dans la chambre de Charles. En trombe, je me rue sur le tas de manteaux jetés sur le lit. Je suis tellement paniquée que j'arrive pas à chercher le mien. Tans pis, je vais partir très vite sans mon manteau, sans dire au revoir. La poignée de la porte tourne. Une main a été coupée dans son élan de l'autre côté. Je sais pas qui c'est. Je peux pas me jeter par la fenêtre. Une porte. Le dressing. La pièce à fringues de Charles. Je me jette dedans et claque la porte derrière moi quand s'ouvre celle de la chambre.
J'entends quelqu'un remuer les manteaux et soupirer. Les soupirs d'une fille qui cherche quelque chose. Elle fouille longtemps. Une seconde personne entre dans la pièce en refermant la porte et c'est la voix de Jean-Eudes qui s'infiltre sous la porte de ma cachette.
« Tu l'as retrouvé ?
- Non ! C'est pas vrai ! J'étais sûre que je l'avais mis dans la poche de mon manteau, répond Sybille. »

Je suis trop mortifiée pour me moquer intérieurement de l'échange verbal standard et inutile entre la personne qui a perdu un truc et celle qui l'assiste et ne sert à rien. La terreur a soufflé sur tout sarcasme.

« Cherche bien !
- Pfffff... mais je fais que ça !
- T'as fouillé toutes les poches ?
- Oui.
- Même les petites ?
- OUI !
- Regarde sous les manteaux.
- Tu vois bien que c'est ce que je suis en train de faire !
- Et dans ton sac ?
- Oui.
- Tu cherches quoi déjà ?
- Mon BlackBerry.
- T'es sûre d'être venue avec ?
- Bah oui. Tu sors sans ton portable toi ?
- Quand est-ce que tu l'as vu pour la dernière fois ?
- Dans l'ascenseur. Putain...
- Attends je vais le faire sonner.
- Ah bravo ! T'as attendu tout ce temps pour avoir une bonne idée !... Ah c'est bon il est là ! Ouf. »

Un bruit mou. Sybille a dû se laisser tomber sur le lit pour se remettre de ses émotions.

« Qu'est-ce que tu fais ?
- Je vérifie si j'ai le numéro de Caroline, je lui ai dit que je l'appellerai demain pour aller faire les boutiques.
- Elle est partie ?
- Non, non, elle cherche la fille avec qui on parlait, l'autre conne.
- Philippine ?
- Mais non, Eugénie ! »

Mes mains se crispent sur mes genoux. En sueur, j'arrête de respirer. Tout mon corps est devenu froid.

« Elle est vraiment mariée, tu crois ? Elle est tellement bizarre cette fille, déclare Jean-Eudes...
- Mais non, c'est un genre qu'elle se donne pour se rendre intéressante. Une vraie bouffonne. Elle a pas changé d'un cheveu depuis le collège.
- Je dirais pas ça, je la trouve plutôt snob et prétentieuse.
- Parce que tu la connais pas depuis aussi longtemps que moi. C'est une façon pour elle d'attirer l'attention, elle veut juste se faire remarquer, elle s'invente un décalage.
- Si tu le dis... En tout cas, son ex, c'est pas n'importe qui.
- Le mec dont vous parliez avec Caroline ?
- Oui. Julien M.
- Quoi ? Julien M ? C'est pas vrai ?
- Lui-même.
- Tu es en train de me dire que c'est ELLE, LA fille avec qui il était tout le temps ?
- C'est ça oui, la fille dont il paraît qu'il était très amoureux.
- Alors c'est elle qui sortait de nulle part ? Je crois bien qu'on m'avait dit qu'elle s'appelait Eugénie mais jamais je n'aurais cru... Remarque c'est vrai, Eugénie, elle sort vraiment de nulle part. »

Je m'étouffe. Je voudrais arrêter d'entendre, boucher mes oreilles mais mes mains restent crispées sur mon jean et les ongles de l'une s'enfoncent dans la peau de l'autre.

« Elle sort pas de nulle part cette fille. Elle est haut placée, d'après ses fréquentations. C'est juste qu'elle est discrète, ou qu'elle sort pas beaucoup, je sais pas. Pas mondaine quoi.
- Non mais tu vas pas t'y mettre ! Elle te plaît peut-être ?
- Sybille...
- Remarque, on disait c'est une fille qui n'a pas d'amis, qui se la joue mystérieuse et qui s'habille

comme une gamine de dix-sept ans. C'est vrai que ça colle bien avec Eugénie. Une fille qui sert à rien.
- T'as l'air jalouse.
- Ah ah ! Ah non... Et alors ? C'est fini avec Julien ? C'est quoi l'histoire ? »

C'est tout mon visage qui se fige à présent. J'entends un gémissement sortir de ma gorge. J'ai serré les genoux jusqu'à avoir mal. Je vous en supplie, arrêtez cette conversation... Je les implore en silence, les dents plantées dans la chair de mon pouce. Je me recroqueville en attendant le bourreau qui s'approche. Je sais que le coup va faire très mal.
« Non. Il paraît que Julien est mort.
- Quoi ?
- C'est ce que Philipi... euh... Eugénie a dit à Caroline tout à l'heure.
- Mais il est mort comment ? C'est arrivé quand ?
- Il a eu un accident il y a quelques mois.
- Mais c'est bizarre cette histoire. J'ai pas entendu parler de ça. Tout le monde connaît Julien, j'ai jamais entendu dire qu'il était mort !
- T'as raison... Mais en y réfléchissant, ça fait un moment que je ne l'ai pas vu. J'essaye de me souvenir... Quand est-ce que je l'ai vu pour la dernière fois ?
- Oui remarque, intervient Sybille, je l'ai croisé l'an dernier à un vernissage, je pense pas l'avoir revu depuis. Ça colle mais je comprends pas comment personne n'est au courant... C'était Julien M quand même !
- On devrait plutôt parler de tout ça avec Charles. Il doit bien savoir.
- Bonne idée. Tu viens, on y retourne ? »

J'espère amèrement ne pas avoir trop déçu Sybille avec le numéro spécial du Closer de notre petit monde, dont le couple Julien-Eugénie va être la vedette des jours à venir.

XI

Ça servait à rien, de se mettre à l'abri. Je me suis cachée pour pas en entendre parler. Brillante idée. C'est trop tard, j'ai entendu. C'est reparti pour des mois maintenant. Des mois à me purger de ce que je viens d'entendre. Des semaines par dizaines à garder les yeux ouverts la nuit, à ne plus bouger, à m'attendre à arrêter de respirer. Des mois à ré-effacer les images, à re-déchirer les photos dans ma tête.

Depuis qu'il m'a quittée, je ne veux plus en entendre parler. Je ne veux pas le moindre détail. Je veux rien savoir, rien. Plus rien. J'ai archi-compliqué ma vie pour ne plus jamais entendre ne serait-ce que l'ombre de son prénom. Quand maman commence à évoquer « Ju... » je lui hurle d'arrêter et elle se mord la lèvre. J'avais fait le même coup à Charles, il s'était bouché les oreilles en gueulant t'es malade.

J'ai pas besoin de faire une tronche d'enterrement, je l'ai déjà tous les jours. J'ai l'air crédible comme ça. C'est pratique. Je m'en veux pas, de dire qu'il est mort. Parce que pour moi, Julien est vraiment mort. Il n'existe plus. Quand des gens que je ne connais pas et qui nous avaient croisés ensemble me demandent de ses nouvelles, je réponds ça. Je dis qu'il est mort.
Je ne le tue pas toujours de la même manière. Ce soir, c'était un camion. La dernière fois, c'était une overdose. Il y a aussi l'agression mortelle par des inconnus, l'arrêt cardiaque, le suicide, l'accident d'avion, la noyade, et je crois que j'ai fait le tour. Lorsque l'on me demande où il est enterré, je réponds qu'on a répandu ses

cendres sur la moquette de sa boîte de nuit préférée et je les imagine aller se recueillir dans un ancien bar à putes. Sachant qu'on aura passé l'aspirateur. Julien est dans un sac d'aspirateur. Julien est à la poubelle.

Je sais que c'est grave d'avoir dit ça. J'ai rien à dire pour me justifier. Mais je dis la vérité. Julien est mort, je ne sais pas où il est.
J'aurais dû rester chez moi pour plus qu'on me parle de Julien. Rester chez moi où il n'y a plus aucune preuve de moi et Julien. Tous les indices ont été détruits, cadeaux jetés, lettres brûlées, vêtements donnés, messages, numéros, adresses effacés. Souvenirs en verre cassés, souvenirs en papier déchirés. Trois ans de ma vie oubliés.
Depuis qu'il est parti, j'ai tout fait pour que ça n'ait jamais existé. Je n'ai jamais eu de signe de vie. Pire, j'ai tout fait pour les éviter. J'évite un énorme morceau de Paris pour ne jamais le croiser. Avant, fallait faire attention, je marchais sur la pointe des pieds, maintenant c'est une habitude. J'ai changé de dentiste, de libraire, de parfumeur et de numéro. J'ai effacé ceux de tous les visages qui nous connaissaient ensemble, j'ai presque oublié tous leurs noms.
J'ai pensé au suicide mais c'est trop gerbant. Et puis ça ferait de la peine à maman.

J'ai hésité à déménager, à changer de ville mais changer de ville c'est débile puisque j'habite à Paris. Quand on habite à Paris, on change pas de ville, même pas pour un chagrin d'amour. J'ai hésité à partir pour une autre capitale mais je suis trop lâche.

Changer de ville parce que Paris est petit et qu'à Paris, trop de monde connaît Julien. Julien était mondain. Je peux plus sortir. Je veux pas qu'on me voie parce que lui on l'a certainement vu ailleurs, sans moi. Sans celle qui l'a changé, celle qui les a toutes intriguées, la seule qu'il a aimée. Celle qui a effacé son tableau de chasse, qui a soufflé toutes les images. Je ne veux pas qu'on voie mon ombre, parce que je ne suis plus que ça, une ombre. Depuis qu'il est parti, je n'ai qu'une seule angoisse, qu'on me parle de lui, qu'on me dise je l'ai croisé l'autre jour, il...

Je me suis enfermée dans un coquillage. Les gens étaient jaloux, ça m'a fait mal. Les copines de Julien, ses anciennes conquêtes, les filles à qui il plaisait lui disaient des choses horribles sur moi, des choses qu'elles inventaient parce que je ne les connaissais pas ou ne les avais jamais rencontrées. Julien n'écoutait pas. Ses copains me draguaient ouvertement. Si cette fille est avec lui depuis si longtemps, elle doit avoir quelque chose de bien spécial, s'il est aussi amoureux, elle est peut-être exceptionnelle. Parce que Julien amoureux, Julien fidèle, Julien sage, c'est exceptionnel.

Ils sont tous vengés par la rupture. Par le chagrin dissimulé dans mon appartement. Par mon absence, ma désertion. Ça ne leur suffit pas, ils attendent, j'en suis sûre, ils attendent de me voir pour ragoter.

Je sais pas si je suis vraiment folle ou pas. En tout cas je suis bizarre, selon les propos des gens avec qui j'ai parlé ce soir. Selon la conversation que je viens de surprendre. Avant j'aurais fait attention à l'image que je pouvais donner aux autres, aujourd'hui avec le chagrin je me fous qu'on puisse me trouver bizarre.

Tant pis, oui, je suis bizarre. Regardez comme je suis bizarre ! Vous avez vu ? Alors, alors, ça vous plaît ? Regarde-la bien celle-là, regarde bien comme elle sait pas vivre, observe, régale-toi ! Vois comment elle est à côté de la plaque, comme elle fait pas comme nous. Apprécie son décalage, dis-toi qu'on a de la chance, ça aurait pu être nous... Quoi, mon décalage ? Qu'est-ce qu'il a, mon décalage ? Mais oui bien sûr : je l'ai savamment travaillé pour me donner un genre rebelle hyper sexy. Je l'ai fait exprès pour me faire remarquer. Bien sûr, quand je me lève le matin, la première chose à laquelle je pense est « hum... comment attirer l'attention aujourd'hui ? ».

Je l'ai pas fait exprès, moi, d'être seule. Pas fait exprès de pas faire tout pareil que les gens qui m'entourent. J'ai pas fait exprès de pas avoir d'amis. Pas fait exprès d'avoir les mains moites et de faire des blagues nulles. Pas fait exprès d'être personne.

Oui je parle toute seule. Oui quand je vais quelque part je reste dans un coin et ne parle à personne. Oui je fume des Gauloises blondes. Oui je me fiche de bien m'habiller. Oui je vais chez le coiffeur tous les trois ans. Oui je déteste qu'on me regarde. Oui je peux pas enfiler un pull avec les cheveux humides. Oui vous avez raison. Oui je suis bizarre. Allez...

Et malgré ça, toujours pas moyen de pleurer. Même ma sensibilité est à côté de la plaque. J'avais souvent envie de pleurer avant, même quand tout allait bien, même avec Julien. J'avais envie, mais ça coulait pas non plus. Une sensibilité déplacée pour des trucs étranges, pour un monsieur d'une cinquantaine d'années, gros et barbu et provincial et divorcé qui passe à la télé, j'ai le cœur qui fond de peine pour lui. Pour un petit vieux qui fait ses courses tout seul et qui a du mal à marcher. Pour un gamin qui joue dans son coin avec un jouet qui n'est pas le sien. Pour un car de retraités heureux de partir en vacances. Pour une mamie qui se régale au restaurant. Pour mon papa quand maman l'engueule alors qu'il a rien fait. Pour des gens seuls, pour des gens fragiles. Des scènes qui me donnent des fourmis dans le nez. Des choses qui me font éternuer à défaut de pleurer. Les gens seuls font éternuer.

Je repense à l'ampoule en forme de cœur. Au cadeau de mon frère pour que je pleure pas quand il serait mort. Je repense à l'ampoule devant laquelle j'ai pleuré des années alors qu'elle était pas faite pour ça.

Là où je suis et après cette conversation pourtant, j'ai les meilleures conditions pour y arriver. Du cachemire dépasse de partout si j'ai besoin de me moucher. J'ai toutes les chemises de Charles à portée de main pour essuyer mes larmes, de gros duffle-coats pour étouffer les gros sanglots, des mouchoirs en soie avec ses initiales brodées à rouler en boules dans mes mains pour me rassurer.

J'ai toujours la tête dans les mains, les genoux repliés sous le menton. Putain Eugénie mais chiale bordel ! Pleure, merde, pleure ! Casse-toi un truc, fais-toi mal, jette-toi contre le mur, ça peut plus durer de pas pleurer comme ça ! Je hurle en silence de toutes mes forces, comme quand mon frère est mort. Les coudes entre les genoux, les mains sur mes oreilles. Je me bouche les oreilles alors qu'aucun son ne sort. Je me bouche les oreilles et serre la mâchoire pour que ça gicle par les yeux. Faut que ça sorte, faut que j'accouche ! Tu vas éclater en mille morceaux si t'explose pas en larmes immédiatement. Donnez-moi un truc ! Comment on fait quand on pleure pas ? Comment on fait ? Je veux pas devenir folle, je le suis déjà. Je veux pas devenir plus folle que ça. Je veux pas mourir, je veux vivre, je veux vivre et quand on est vivant on pleure, merde ! Je veux plus être morte, je veux pleurer. Si j'arrive à pleurer c'est que je suis encore vivante. Si je pleure je suis plus un monstre.

Mais c'est comme ça, mes yeux restent secs et je suis mauvaise. Tellement puante que je ne me supporte pas moi-même. Parfois mes parents me demandent pourquoi je suis désagréable. Je leur réponds que je suis normale. J'en veux à la terre entière parce qu'on m'a fait mal. Elle y peut rien, la pauvre terre entière. J'ai objectivement manqué de rien, je le reconnais volontiers. Je mourrai étouffée par ma haine, je m'en fous. J'ai été passive. Je suis une fille bizarre parce qu'on m'a fait des trucs bizarres. Ça arrive.

XII

Tant pis pour les larmes. Je meurs d'envie de fumer. Il y a une petite fenêtre dans la pièce, ça servira de cendrier. Si de la fumée sort de sous la porte et qu'on me surprend à cloper là-dedans je risque d'avoir l'air fin. Je me suis assez illustrée comme ça.

J'aurais pu me contenter d'une Nicorette pour pas enfumer les vêtements de Charles, je m'en veux mais j'en ai assez bavé pour la soirée. On chante que l'amour c'est comme une cigarette, ce qu'on sait moins, c'est qu'à passer d'une cigarette à une Nicorette, on se dit qu'on aurait jamais dû commencer à fumer. La Nicorette a un goût de chagrin d'amour. Le chagrin comme un mégot qu'on mâche parce qu'on a pas le choix.

Encore mon téléphone. J'espère que c'est Hervé et qu'il a changé d'avis. Mais c'est Charles.

« Bah... T'es partie comme ça ?
- Mais non je suis encore là.
- Mais t'es où ? Ça fait au moins deux heures que je t'ai pas vue !
- Je suis dans le placard.
- Quoi ???
- Euh... Oui, là où tu ranges tes vêtements. Je t'expliquerai...
- J'arrive ! »

J'entends Charles fermer la porte de la chambre à clef et faire des pas de géants jusqu'au placard qu'il ouvre en grand. Les lumières de la chambre m'aveuglent, mais je distingue une inquiétude mêlée de tristesse sur son visage. Il souffle un Eugénie sans suite, il me tend la main et me fait doucement glisser hors de la pièce exiguë.

Je n'ose pas le regarder, je baisse la tête dans la lumière. Il a pas mérité de s'inquiéter pour moi comme ça. Je risque un regard peu fier et j'étouffe un cri. Ce n'est pas son air contrarié. C'est la trace de griffure qui saigne le long de sa joue.

« Charles mais qu'est-ce qui t'es arrivé ?
- Rien de grave.
- Mais qui t'a fait ça ?
- Une fille. Une ex. Elle s'est jetée sur moi comme une furie et m'a griffé.
- Ah ! C'est la tache ?
- Quoi, la tache, grogne-t-il, énervé.
- Rien, rien... Mais pourquoi ?
- Elle m'a dit que j'étais un menteur, que je ne lui avais pas dit que j'avais une sœur. J'ai rien compris. Elle m'a dit qu'elle venait de parler à ma sœur qui habite Montpellier ou je sais pas quoi. Elle était hors d'elle que j'aie jamais parlé d'elle à ma sœur. Alors que j'ai pas de sœur.
- Mon Dieu... Charles... »

J'ai le souffle coupé. Ma gorge a fait un petit son aigu qui s'est étouffé. Il me regarde, triste et inquiet :

« Eugénie... Pourquoi t'as fait ça ?
- Charles... Charles... Je suis tellement désolée.
- C'est rien. Viens-là, souffle-t-il en me tendant les bras. »

Je m'enfonce dedans sans plus rien dire. Parce que j'essaye de parler mais ça sort pas. Des petits râles s'échappent de ma gorge qui ne forment aucun mot. Charles me serre plus fort, il me dit chut, tais-toi, c'est rien. Alors je laisse tomber, compte ses battements de cœur et recommence :

« Ils sont partis ?
- Pas encore, murmure-t-il.
- Pas encore... Tu sais de qui je parle ?

- Je sais oui. Ils sont encore là. Je suis au courant... De ce que tu leur as dit.
- Charles, Charles je veux pas savoir ce qu'ils t'ont dit, je...
- C'est rien, c'est rien.
- Je peux pas les croiser, je veux pas qu'ils me voient. Je sais plus quoi dire.
- Je sais, tu t'es bien emmêlée.
- J'ai dit n'importe quoi à tout le monde, n'importe quoi.
- Tu voulais juste te protéger.
- Je voulais juste qu'on me parle pas de lui, juste ça.
- Et tu crois qu'il vaut la peine que tu te mettes dans des situations aussi absurdes ? »

J'ouvre grand les yeux. J'ai jamais pensé à ça.

« Charles, j'ai peur.
- Peur de quoi ? Des autres ?
- ...
- Allez, laisse tomber, tu devrais pleurer un bon coup, tu en as besoin.
- J'ai peur de moi. J'ai peur de devenir folle, j'ai le cerveau qui saigne, j'en peux plus. J'ai peur... peur de perdre le contrôle. Peur d'être déjà folle.
- T'es pas folle mon cœur, répond-il en me berçant. Pas folle du tout.
- T'as pas idée Charles, t'as pas la moindre idée d'à quel point c'est le Vietnam dans ma tête...
- Tu dis n'importe quoi.
- Mais... les gens arrêtent pas de dire que je suis bizarre. J'en ai marre d'être bizarre ! Marre !
- Eugénie, les gens qui t'aiment t'aiment pour ça. On voudrait pas que tu changes. On voudrait juste te voir sourire, te sentir heureuse.
- Mais c'est qui « on » ?
- On c'est ta famille. On c'est moi et plein d'autres.

- C'est qui plein d'autres ? Je le connais pas celui-là.
- Arrête...
- Putain j'ai dit n'importe quoi, j'ai fait n'importe quoi.
- Calme-toi, t'es pas folle. Si t'étais folle tu te poserais pas la question. Si t'étais folle tu te trouverais totalement sensée.
- Mais Charles ! Quand je retrouve plus mes chaussettes, j'imagine que c'est un complot du gouvernement, je fais des cauchemars où des gens essayent de m'assassiner avec des frites géantes, quand le métro arrive pas je crois que c'est juste pour que j'arrive en retard, je...
- T'es juste un peu perturbée Eugénie. T'as vécu des choses difficiles ces derniers temps. Tu l'aimais à la folie, Julien.
- ...
- Tu es forte Eugénie, vraiment très forte. »

C'est vrai. Il a raison et moi j'ai plus rien à répondre.

« Tu veux en parler... de Julien ?
- Non... Avec toi oui peut-être, mais pas là. Pas maintenant.
- Bien sûr. Quand tu voudras. »

Doucement j'arrête de trembler. Doucement je le repousse pour arranger mes cheveux. Doucement je me dis que rien n'est grave. Je vois Charles réfléchir, hésiter avant de me demander :

« Dis-moi, frangine... Tu connais la différence entre un avion, un chewing-gum et la famille ?
- Nan ?
- Bah... Un chewing-gum ça colle et un avion, ça décolle.
- Et la famille ?
- Ça va et toi ?

- Charles... T'es vraiment pourri ! »
On glousse comme deux imbéciles. Je renifle, tousse et m'étouffe un peu. Je me sens mieux.

La poignée de la porte tourne. On entend une voix derrière constater que c'est fermé à clef. Je panique :
« Qu'est-ce qu'on fait ?
- Ne t'en fais pas, retourne dans le placard, je viendrai te chercher quand ils seront partis. »
Je retourne soulagée dans ma planque. Charles referme la porte du dressing après m'avoir lancé un clin d'œil et va ouvrir la porte à ses invités en leur servant une excuse bidon. À cause de moi il est obligé de les prendre pour des cons.

Et je suis retournée dans mon placard comme d'autres vont acheter du pain. On ne se cache dans un placard que parce qu'on a quelque chose à se reprocher, ou pour échapper à de dangereux individus. On s'enferme dans ces cabinets sombres quand le mari de la femme adultère rentre à l'improviste, quand on entre dans la chambre d'un grand frère sans sa permission, quand surgissent des cambrioleurs armés ou la Gestapo. On se cache victime, on se cache coupable.

Mon tort est d'avoir oublié que le monde est petit. Mon tort est d'avoir menti pour avoir la paix. Mon tort est d'avoir voulu prendre le contrôle de ma vie en la déformant parce que je veux pas qu'on sache qu'elle m'échappe. Mon tort est qu'un ami me propose de me cacher dans sa penderie parce que j'ai honte de ma vie. Honte que Julien soit parti. Honte d'être ce que je suis. Honte de mes médocs, honte de mon psy, honte d'avoir été une victime à l'école. Honte de tous ces tas de trucs que j'ai pas choisis.

XIII

J'écoute les allées et venues. Je surprends des bribes de phrases de gens qui ne sont pas mes amis, des mouvements de gens que je ne connais pas. Ils viennent fouiller une poche, chercher un paquet de cigarettes ou d'autres substances, récupérer manteaux et écharpes. Parfois ils titubent ou éternuent. Parfois ils ont trop bu, comme ceux pour qui je colle l'oreille à la porte :
« Maaaaaaaiiiis !
- Bah... Qu'est-ce que t'as ?
- Chais plus chuis venu avec une écharpe. Ou pas. P't'être. Salope, salope d'écharpe...
- Demande à Caroline, z'êtes pas arrivés ensemble ?
- Caroline salope, beugle-t-il soudain en renversant quelque chose.
- Ouais t'as raison... Putain chuis dé-chi-ré.
- Regarde le manteau rouge. Wouaaa... Beau, le rouge.
- Ouais. Hips ! C'est à... C'est à... À... À Eugénie. Eugénie oui c'est ça.
- Ben elle est partie toute nue alors... J't'adore tu sais moi.
- Ouais trop fort. Ah ah ! Partie toute nue...
- Hey regarde la photo là !
- C'est quoi ? C'est qui la vieille meuf ?
- Sais pas, sa grand-mère ?
- Mouais. T'as vu Charles dessus il est tout p'tit. C'est mimi.
- C'est ta mère qu'est mimi.
- Ouais ta gueule ! »

Je les connais même pas, ces types. Je me fous qu'ils connaissent mon prénom, bien trop occupée à ne pas rire trop fort. Ils sont partis. Ils ont fait le maximum de bruit envisageable dans la pièce et ils sont partis. Je reprends ma partie de jeu vidéo débile sur mon téléphone dont la batterie se vide dangereusement.

C'est marrant, tous ces gens qui sont là à danser, à parler entre eux, à se saouler et une pauvre fille qui joue à Rocket Bird enfermée dans un placard. Chacun sa soirée. Je m'étonne de le prendre autant à la légère mais j'aurai tout le temps d'être grave après. C'est ma récréation. C'était pareil, j'étais seule, collée au mur avec la Comtesse de Ségur ou les doigts croisés derrière le dos, on refusait de jouer avec moi ou on venait juste me tirer les cheveux. Là je m'amuse. Là je m'en fous. Personne ne viendra me tirer les cheveux.
Et puis je suis protégée, enfermée là-dedans. Pareil qu'aux temps où le monsieur venait faire du repassage à la maison quand j'étais petite et qu'il essayait de m'embrasser sur la bouche quand mes parents n'étaient pas là. Je m'enfermais pareil. Mais dans ma chambre. Avec mes « J'aime Lire ». À l'abri du monsieur bizarre du repassage. Depuis, j'aime vraiment lire. Heureusement qu'il repassait mal, il a été renvoyé et moi j'ai pu sortir de ma chambre.

Je continue sans tendre l'oreille à entendre les conversations, ceux qui cherchent leurs affaires en silence et ceux qui parlent tout seuls. Je réalise que les gens qui travaillent au rez-de-chaussée derrière des vitres sans tain doivent passer des moments extraordinaires et je les envie un peu.

Je me demande s'ils sont partis, Charles serait venu me chercher sinon.

Je me demande si Hervé regrette de s'être mis en colère, je me demande si je veux essayer de m'excuser.

Je pense aux jours qui vont suivre, à l'appartement vide, à la colère qui reviendra, au prochain garçon qui pensera m'avoir dans ses filets, ce prochain garçon que je n'aimerai pas et qui finira par partir et me détester. Faudra encore tout recommencer. Remplir mon lit, une seconde respiration dans le salon, quelqu'un qui me demande pourquoi ça va pas à qui je réponds que si, ça va. Ça va oui mais pourquoi tu fais la gueule. Je fais pas la gueule. Autant pour moi, qu'est-ce que ça doit être quand tu la fais alors.

Ces garçons, c'est pas moi qui vais les chercher, je les laisse me capturer. Ils sont venus de leur plein gré, ils comprennent vite que je suis pas coopérative, mais ils restent quand même et se plaignent. Comprends pas. Hervé aura été le plus patient pour supporter des :

« Qu'est-ce que tu veux manger ?
- Pas faim.
- D'accord, ça fait une semaine que t'as pas faim et ça commence à me gonfler alors je répète : qu'est-ce que tu veux manger ?
- Rien.
- On descend au restaurant si tu veux ?
- Pas envie.
- Pourquoi ? D'habitude ça te fait plaisir.
- Je suis en pyjama.
- Très bien. Bon... Tant pis.
- ...
- Et sinon, ta journée a été bonne ?
- Non.
- Bon, bon... Je vais me commander des sushis.
- J'en veux.
- D'accord. T'as faim finalement ?
- Non. »

Il était malheureux. Je suis une ordure.

XIV

Je vais pulvériser mon score. Je tiens le rythme depuis cinquante minutes, mon personnage n'est pas encore mort mais sa jauge de vie est faible, la fin de la mission approche et j'ai presque plus de batterie, merde, merde !
J'entends la porte de la chambre qui s'ouvre et des pas se dirigeant vers le dressing. Attends un peu Charles j'ai bientôt fini je pourrai pas sauvegarder ma partie ! Recroquevillée dos au mur, j'essaye de buter le maximum de poussins mutants pour gagner quelques points de plus avant de mourir en tapant frénétiquement sur l'écran quand la porte s'ouvre en grand. La lumière m'aveugle un peu mais je ne quitte pas l'écran des yeux en lâchant un :

« J'ai presque finiiii ! Saloperies de poussins de merde...
- Prends ton temps, prends ton temps...
- Merci... »

Sauf que c'était pas la voix de Charles. Cette voix-là, je la connais pas et elle fait un électrochoc. Une silhouette s'est dessinée dans l'encadrement de la porte. Une ombre haute à contre-jour. Quelqu'un d'immense que je ne connais pas. Quelqu'un qui se baisse vers moi pour me tendre une grande main que je saisis après une longue hésitation. Est-ce que cette main est empoisonnée, électrifiée ? Il y a des aiguilles à l'intérieur ?

Je m'accroche à cette main. Elle n'est pas piégée. Elle est forte, elle est même surpuissante, cette main qui me remet debout. Elle est trop grande pour moi. Elle me sort doucement du placard.

L'immense inconnu me sourit. Des dents comme un piano. Une boucle noire fait un grand cerceau sur son front. De longs cils de filles. De grands yeux, tout de grand, ce garçon n'en finit pas. Je me sens minuscule, moi je suis ridicule.

« Ils sont partis, tu peux sortir », m'annonce-t-il comme s'il allait tous les jours chercher des filles dans des placards. Ça lui paraît normal. Je sais pas quoi lui répondre, je macère dans l'humiliation en regardant ses chaussures de géant. Je me tais. Plus de mensonges possibles. Honte parce qu'il savait que j'étais volontairement enfermée là-dedans.

« Charles m'a demandé de venir te chercher ici, m'explique-t-il.
- Pourquoi ? Je veux dire, pourquoi il n'est pas venu, lui ?
- Parce qu'il est parti à la pharmacie de garde pour soigner la griffure.
- Ah... Et il était en colère ?
- Pas du tout, non. Il m'a juste demandé de t'ouvrir et de m'occuper de toi en attendant qu'il revienne. »

J'essaye de pas rougir mais c'est très con parce que ça marche pas.

« Il ne t'a rien dit d'autre ?
- Non.
- Quand est-ce qu'il revient ?
- Je sais pas.
- Bon... Bon... Bah euh... Je vais attendre qu'il rentre, tu peux y aller si tu veux, je connais bien la maison.
- Non. »

Un non ferme. Sonnée, j'ose lever les yeux vers le géant. Et je mets mon armure anti-gens, celle de quand j'ai envie qu'on me laisse tranquille, qui m'enveloppe de colère et me rend venimeuse. Sèchement, je demande :

« Pourquoi non ?

- Parce qu'il m'a demandé de m'occuper de toi le temps qu'il revienne.
- Ouais mais c'est une façon de parler, il voulait juste que tu constates que tout va bien. Tu vois, je vais très bien.
- Non, je ne crois pas que tu ailles très bien.
- Bon, contrairement à ce que tu peux t'imaginer, c'est pas parce que je...
- Je me fiche que tu te sois mise dans un placard, réplique-t-il d'un ton un peu trop autoritaire qui commence à me chauffer les oreilles. T'as pas besoin de sortir d'un placard pour qu'on sache que ça va pas. Je me fous de savoir pourquoi tu y étais, j'ai pas demandé pourquoi à Charles. Mais il m'a demandé de m'occuper de toi jusqu'à ce qu'il revienne et je vais le faire.
- Parce que t'es comme ça ? Tu fais tout ce qu'on te demande toi ?
- Non. Mais là c'est particulier.
- Pourquoi c'est particulier ?
- Parce que j'en ai envie. »

Il a haché ces mots comme s'ils étaient gelés, comme s'il m'avait dit un truc du genre « ce sont les ordres ». Un truc même pas gentil. Je le considère, les sourcils froncés.

« Ouais. Bah moi j'ai envie qu'on me foute la paix ! J'ai rien demandé à personne, j'en ai marre moi, qu'on m'emmerde, qu'on vienne me poser des questions, j'étais très bien dans ma cachette !
- Je ne pense pas t'avoir posé de questions...
- Vouloir t'occuper de moi, c'est déjà une question et je vais aller attendre Charles dans le salon. Je te remercie d'être venu me chercher, ça te fera une anecdote sympa à raconter et je te souhaite une bonne soirée. »

Je quitte la pièce, le nez froncé.

Le salon est en lambeaux de fête. Il est plus de trois heures du matin. J'ai planté le garçon dans la chambre, il ne m'a pas suivie. Les grandes fenêtres sont ouvertes, les rideaux font de larges vagues et l'électro est en sourdine. Tout est chiffonné dans cette pièce. Coussins déformés, serviettes en papier froissées un peu partout, mon talon dans une flaque de champagne, flûtes en cristal sales, cendriers pleins, paquets de clopes écrasés, petits fours abandonnés, objets orphelins, oubliés.

Seuls les murs sont épargnés. Toujours blancs, pas chiffonnés. Des tableaux que je déteste. Art moderne torché, gribouillé, prétentieuses couleurs gerbantes qui partent dans tous les sens.

« Charles, c'est quoi ce tableau qui fout le cafard ?
- Le cafard ? T'es folle ! C'est un Machin Truc !
- Je veux bien, mais ton Machin Truc il fout le cafard.
- Mais non rah... Tsss... T'y connais rien.
- Elle est facile, celle-là, t'en as pas une autre ? Dès qu'on trouve un tableau moche, on n'y connait rien, c'est ça ? »

Comme il avait l'air déçu il s'est tu. J'y connais rien non, c'est déjà suffisamment le bordel dans ma tête, alors le regarder en peinture, ça me fait chier. Pauvre Charles. Il est parti se soigner à cause de moi et je déteste ses tableaux pendant qu'il est pas là.

Restent encore quelques invités qui n'ont pas encore décollé. J'entends deux garçons à côté de moi se dire on y va ? Ouais, on y va. Mais ils ne bougent pas et vont s'asseoir sur le canapé à côté d'une grande brune à l'air fatigué avec qui ils se mettent à parler doucement. Le plouc, esseulé, traverse la salle pour changer la musique, heureux comme un plouc qui va enfin pouvoir faire écouter de la musique non commerciale à des gens qui s'en foutent. Deux autres invités parlent fort en anglais dans un coin.

Je suis la spectatrice qui entame son deuxième paquet de cigarettes dos à la fenêtre et j'écoute les conversations de fin de soirée.
    « Bon on fait quoi les gars ?
- On prend un taxi non ?
- Oui, mais on va où ?
- Je sais pas... aux Planches ?
- Ah non ! Pas les Planches !
- Où alors ?
- Au Baron si tu veux.
- On va se faire recal, c'est pas sûr qu'on entre...
- Au pire j'ai une bouteille au Pink.
- Va pour le Pink, vous êtes chauds ?
- Ouais, chais pas, moi je vais rentrer chez moi...
- Vas-y, viens, fais pas ta pute... »
    Et cetera. Je peux prédire l'avenir de ces trois garçons qui dans une demi-heure seront en train de se geler les fesses en arpentant les Champs-Élysées à vitesse d'escargot, le temps que le premier se fasse taxer une cigarette et du feu par un mec sur-alcoolisé, que le deuxième ait tiré de l'argent au distributeur et que le troisième, l'oreille vissée au téléphone, essaye de motiver des copains qui dorment où qui captent pas pour savoir ce qu'ils font. Comme si c'était déjà pas assez compliqué à trois. Ils vont changer d'avis, se faire recaler du Baron après avoir réfléchi une heure et demie, boire un verre aux Planches à l'heure où la moquette est la plus dégueulasse et finir devant une purée à l'Aubrac. Demain, le premier se lèvera en se grattant l'endroit approprié en se servant un Alka-Seltzer, le deuxième aura mal à la gorge et le troisième ne sera toujours pas allé se coucher.

Outre le fait que je fais tout pour ne jamais retourner sur les terrains de Julien, je manque trop de patience et d'esprit de communauté pour supporter ce genre de galères, voilà pourquoi je ne me laisse embarquer par personne. Refus catégorique d'attraper une pneumonie après une errance inutile sur une avenue glaciale.

Il n'y a qu'un seul moment dans une soirée qui vaille la peine de sortir : la discussion tranquille, s'il n'est pas au téléphone, avec le chauffeur de taxi qui me ramène chez moi à qui je raconte que ma soirée était de la merde et que de toute façon, tout est de la merde. Et les chauffeurs de taxi sont toujours d'accord avec ça. Fait froid, hein ? Oh là là oui ! Sont tous cons les autres conducteurs de voitures à part vous bien sûr. Bien sûr ! Ah ces manifestants, ce Paris Plage, ces matchs de foot, ces vélibs, ces pigeons, ce gouvernement, cette Techno Parade, ces poulets, je vous jure... Ah oui oui...

XV

« Au revoir Eugénie, chantent-ils, en chœur.
- Au revoir les gars. »

Ils me sourient et quittent les lieux. C'est la paire infernale. Deux individus sortis de nulle part que je retrouve à chaque soirée où je vais. Ils attendent toujours que je sois seule dans un coin et ils viennent me voir. Ils se ressemblent et sont habillés pareil mais je ne sais pas s'ils sont jumeaux. Parce qu'à chaque fois je leur demande et j'oublie la réponse. Ils ne disent jamais grand-chose, ils se plantent en face de moi et me regardent, contemplatifs, attendant qu'une phrase sorte de ma bouche et en principe, je dois répéter plusieurs fois ce que je viens de dire à l'un et à l'autre parce qu'ils n'entendent rien à cause de la musique. Ce serait un garçon tout seul, je comprendrais qu'il me drague, mais là, ils sont deux et c'est bizarre.

Bref, il y a toujours deux mecs qui se ressemblent qui viennent m'emmerder chaque fois que je sors.

Il est possible que ce phénomène n'arrive qu'à moi. J'en ai jamais entendu parler nulle part mais ils sont pourtant partout. L'an dernier, à l'anniversaire de je sais plus qui, ils étaient là. Bordeaux, un gala en 2003, ils étaient là. Genève, printemps 2008 dans une villa, ils étaient là...

Faudrait peut-être que j'aille voir à la BNF si y a pas de vieux grimoires qui parlent des deux gars qui se ressemblent et qu'on croise chaque fois qu'on sort le soir. Peut-être que je suis tout simplement déglinguée du cerveau, aussi.

Ils doivent être heureux ensemble pour jamais se séparer d'une semelle. Je sais pas

comment ils font. J'aimais mon frère, mais je déteste ma sœur. J'ai jamais eu de sœur oui c'est vrai, pas plus que de mari. C'est juste qu'à voir ces deux-là, je m'imagine avec une sœur en train de me coller et ça m'énerve déjà. S'habiller pareil, sortir bras-dessus bras-dessous, se mélanger sans se séparer, jouer des coudes ensemble contre le monde entier. Avec Julien je voulais bien. Bon, on allait pas jusqu'à s'habiller pareil mais c'était un peu l'idée. Ensemble, collés, ramassés l'un sur l'autre, étriqués dans notre histoire, de l'oxygène pour nous deux uniquement, marcher sur la terre comme un bulldozer parce que j'avais peur de rien, parce qu'il n'y avait pas de raison qu'il nous arrive quoi que ce soit. Quoi que ce soit jusqu'à ce que...
« Tu vas me manquer Eugénie.
- Hein ?
- Je m'en vais.
- Tu vas où mon amour ?
- Je pars.
- D'accord, mais tu reviens quand ? Ah, et tu pourras acheter une ampoule en revenant, tu sais, celle de ma lampe pour lire ?... Je voulais la changer mais la neuve je l'ai fait tomber, je l'ai cassée.
- Non.
- Pourquoi non ?
- Parce que je ne reviens pas.
- Bon tant pis, j'irai lire dans le salon.
- Tu comprends pas, hein ?
- Arrête de faire tes yeux noirs, tu sais bien que j'aime pas ça, qu'est-ce que t'as ?
- Je te quitte.
- Tu me... quittes...
- Je suis désolé.
- ...
- Je te supporte plus. J'en peux plus de toi.
- Qu'est-ce que j'ai fait...

- C'est toi, c'est tout, tu me tues, tu m'uses ! hurle-t-il. J'en perds mes cheveux, j'en fais des cauchemars.
- Mais...
- C'est l'enfer, de vivre avec toi. T'es austère. T'es triste. Voilà. T'es triste, t'es toujours triste. Tu pleures pas mais t'es triste. Tu ris toute seule. Pas moyen de savoir ce que t'as dans la tête, à quoi tu penses, t'es hermétique, fermée, moisie à l'intérieur, tu pues le renfermé !
- Je le fais pas exprès...
- Et c'est bien le problème ! C'est que c'est pas un genre, c'est que t'es comme ça ! T'as vingt-cinq ans et t'es déjà morte !
- Tu m'aimes plus, c'est ça ?
- Non c'est pas ça, tu vois tu comprends rien !
- Mais dis-le alors !
- Mais dis-le quoi ?
- Que tu m'aimes plus !
- J'ai pas envie de mentir. »

Après ça il est parti. Je suis allée chercher des ampoules. Je suis restée chez moi cinq semaines et deux jours. Sans ouvrir les rideaux.

Et il y a eu Noël. Il a réussi à me faire détester Noël. La famille de maman. La grande maison de campagne, le grand sapin, les oncles et tantes et le bruit des nouveaux jouets des enfants. Je suis restée assise toute la journée sur le rebord de la fenêtre, derrière le sapin. J'ai oublié d'ouvrir mes cadeaux. J'avais les yeux rouges, le nez rouge, un pull rouge trop grand pour qu'on voie la jupe que ma mère m'avait forcée à mettre, un kleenex pas rouge, roulé en boule dans mon poing resté serré toute la journée. À tour de rôle, ma mère avec ses ça va mon chat ? Mes tantes avec un baiser, une caresse sur le front, une part de bûche. Mes petits cousins qui me secouaient, me tirant par la main, viens jouer avec moi, non je murmurais en regardant à travers la vitre, pas aujourd'hui, une autre fois. Mon grand-père inquiet. Ma grand-mère que je voyais pour la dernière fois. Je le savais peut-être déjà, mais je regardais par la fenêtre, honte à moi. J'attendais Julien. Je me disais peut-être qu'il va arriver. Il va venir. Oui, c'est sûr, il veut me faire une surprise. Il sait combien Noël ça compte pour moi, même si mon frère n'est pas là. Obstinément j'ai fixé le champ perdu en pleine campagne où il n'a jamais foutu les pieds. La nuit est tombée et il n'est pas arrivé.

Après Noël, il m'a manqué. Même s'il était empoisonné. Quelque temps avant de m'abandonner, il s'est appliqué à me faire la gueule des jours entiers parce que j'aimais pas l'art contemporain, parce qu'il trouvait mes lectures pas assez intellectuelles, parce que je lui disais qu'il était susceptible, parce que je ne bavais pas d'admiration chaque fois qu'il ouvrait la bouche, parce que sa mère m'aimait un peu trop, parce que je confonds la droite et la gauche, parce que je suis mal à l'aise en public, parce qu'on avait pas toujours les mêmes goûts, parce qu'il trouvait que les gens qu'on fréquentait me trouvaient plus intéressante que lui, parce que du coup, je lui faisais de l'ombre, parce qu'il se sentait écrasé par ma nonchalance, parce que ses copains me trouvaient jolie, parce que je pouvais pas m'arrêter de fumer, de mâcher mes chewing-gums la bouche ouverte, de prendre toute la place dans mon sommeil. Et de respirer.
  « Tu regardes quoi ?
- "La vengeance de la momie".
- Ah, ça a l'air très intéressant ça, sourit-il, ironique.
- Bof, c'est la suite de "La momie dans l'espace". »

Et quelques instants plus tard, méchamment :
« C'est vraiment de la merde ce que tu regardes.
- Oui, ça fait trois fois que tu le dis, j'ai entendu.
- Mais tu te rends compte que c'est vraiment pourri au moins ?
- Je suis désolée que ça ne te plaise pas.
- Ah ça y est, tu montes sur tes grands chevaux !
- Mais quels chevaux, laisse-moi, j'ai jamais dit que c'était intelligent ce truc. Oui c'est pourri mais j'ai de la fièvre, ça fait trois jours que je me coltine cette putain de grippe, je zappe depuis tout à l'heure et c'est le seul film un peu marrant que j'ai réussi à trouver en plein milieu de journée.
- Très bien Eugénie. »
Il a bien haché chaque mot, taillé en lames de rasoir pour me les planter dans le crâne. Il a pas loupé son coup avec ça. J'ai retenu chaque phrase, chaque syllabe, chaque intonation de chaque mauvaise attention. Elles tournent en boucle dans ma tête. Comme une chanson tous les jours. Et c'était parti jusqu'à la fin de la semaine. Dix jours plus tôt, je m'étais esclaffée sur une blague de son meilleur ami. Immense erreur. Démesurée. Comme il aurait voulu avoir sorti cette histoire belge, l'inventer sans la connaître alors que c'est impossible, il est devenu fou. Il aurait voulu m'avoir fait rire, lui. Je l'ai compris trop tard, au moment où j'ai fermé la bouche et où je l'ai vu regarder la circulation. Il a plus rien dit. Il a frappé la table du plat de la main pour y coller un billet de vingt euros. On s'est levés, on est sortis du bar devant la mine hagarde de celui à qui on a pas dit au revoir. J'ai pas osé, lui dire au revoir. Fallait pas en rajouter. J'aurais payé la facture bien plus cher ; c'était la bonne affaire à saisir, la promo du mois. Parce

qu'il m'a fait tellement pleurer, tellement pleurer d'avoir ri. Il a effacé le numéro de son meilleur ami.

Il s'était mis à boire beaucoup aussi, et à faire des scandales partout où on allait. Avant de sortir je commençais à trembler. Je savais pas ce que cette fois il allait inventer. Ni où je n'oserais plus jamais retourner. D'abord choisir des chaussures qui ne le mettront pas en colère. Des chaussures magiques, peut-être que ça marchera. Pas mes préférées, celles avec des trous, il dira que je suis une clocharde. Pas de talons, il aime pas les talons. Les talons c'est pour les putes, il dit, t'es pas une pute. Des bottes, oui des bottes mais il pleut et toutes mes bottes prennent l'eau. Les chaussures de maman sont les plus belles, ces paires dont elle ne veut plus et qu'elle me donne. J'en ai des tonnes. Mais ça lui plaira pas. Les chaussures de ta mère, il dira, et je ne saurai pas s'il est en colère ou pas. Parce que maintenant il aime plus ma mère, il a décidé ça, alors il aime plus non plus que je fasse la même pointure. Non, pas les chaussures de ma mère, vite, une autre paire. Faut pas que je pleure. Faut pas que je pleure. Doucement, respire. « T'es prête ? » Se dépêcher, il va m'engueuler si je traîne trop, je sais pas ce qui se passe en ce moment, pourquoi il est méchant, mais j'ose pas lui demander. Pour pas se disputer. Ne pas se disputer. Ne pas se disputer. Je craque quatre ampoules de lithium dans le tiroir de la coiffeuse. En cachette pour pas qu'il me dise que je suis une droguée. Alors qu'il a commencé à sniffer de la blanche dans mon dos, je le sais. C'est naturel, le lithium, je me dis, c'est pas des médicaments chimiques, c'est naturel, de l'homéopathie, je peux en prendre, je deviendrai pas accro, même s'il le sait pas, j'ai le droit, même s'il me voyait il dirait sûrement que j'ai le droit. Mais oui, il serait d'accord. C'est juste pour arrêter de transpirer. J'ai le droit, il le verra pas. Allez je suis prête. « Qu'est ce que tu fous, tu vas sortir en chaussons ? Allez, j'en ai marre, bonne soirée Eugénie. » Claquée, la porte, il reviendra plus tard. Faire un tour dehors pour se calmer. Quand il reviendra, j'aurai mis les chaussures qu'il m'a offertes. Celles qui font saigner mes pieds.

Maintenant j'ai tout effacé de lui. Il l'a bien mérité. Mais je peux pas tout contrôler. Il a perdu des cheveux derrière le canapé, j'en retrouve encore de temps en temps et je les brûle dans le cendrier. L'odeur de la truffe me donne envie de tout casser. D'ailleurs, j'ai tout cassé. Ça lui fera les pieds. Fallait pas me faire de mal. Je veux plus être en contact avec qui que ce soit. Pour pas qu'on me fasse de mal.

Je paierais cher là tout de suite, pour que ma mère vienne me chercher. À l'abri de la voiture, on roulerait en disant des conneries avec l'autoradio qui diffuserait les siennes. Elle râlerait deux minutes parce que j'aurais allumé une cigarette et qu'elle déteste que je fume.
Je m'en fous qu'elle râle un peu ; les heures passées avec elle dans la voiture sont les seules pour lesquelles j'ai envie de sortir de chez moi. C'est toujours les mêmes, je grimpe dans la New Beatle, ne connaissant que la destination principale, le Bon Marché, un autre magasin où elle doit rapporter un truc parce qu'elle rapporte tout ce qu'elle achète, ou l'atelier du Faubourg Saint-Antoine où elle va peindre, me larguant au café glauque d'en face où je l'attends pendant une heure en fumant des clopes devant trois cafés crème. Je suis électrique en remontant dans la voiture.

Elle se fera traiter de connasse par un abruti parce qu'elle aura réécrit le Code de la route à son idée, elle réagira en lui criant espèce de malpoli, vieil enculé. Je lui dirai arrête maman putain, je déteste quand tu dis des grossièretés. Elle aura grillé trois feux rouges, accéléré six fois à l'orange, se sera garée sur les clous en klaxonnant, le téléphone vissé à l'oreille. Elle aura pris deux sens interdits et elle aura toujours son permis.

Il faudra qu'elle slalome partout dans Paris à faire hurler les écolos. Aller chercher du pain dans le septième, des pommes douze kilomètres plus loin, récupérer un truc avenue Montaigne, acheter du camembert avenue des Ternes et du brie au Carreau de Neuilly. Je devrai faire du sitting dans la voiture pour dissuader les flics de lui mettre une contravention. Elle est comme ça, maman. Complètement à contre-courant du monde normal sans que ça lui paraisse anormal.

« Oh que je suis fatiguée, il faut que j'y aille, ça m'emmerde, mais ça m'emmerde... », soupire-t-elle comme si elle devait rejoindre son poste à l'usine après une pause café de trois secondes vingt-cinq et la moitié d'un pipi parce que la cloche a déjà sonné. En vérité, elle est assise sur un canapé qui, si elle bossait vraiment à l'usine, lui aurait coûté un an de salaire, une tasse de thé vide à la main qu'elle tend à la femme de ménage, l'air las.

- Pourquoi tu dois aller où ?
- Rhooo... Pfffffff... Chez Hermès pour faire graver mes initiales sur mon nouveau sac, et chez Chanel pour essayer un sautoir. Je ne suis même pas sûre de l'acheter (nouveau soupir).
- Ma pauvre maman. C'est vraiment pas facile dis donc...

- Ah là là, se plaint-elle à nouveau sans se douter un seul instant que ma phrase ait pu contenir de l'ironie.
- Et ouais mais qu'est-ce que tu veux, quand faut y aller, faut y aller... »

Après tout ça je l'accompagnerai dans un magasin de fringues, les jambes aussi lourdes qu'après une journée au musée. Je serai assise sur la banquette, elle aura besoin de deux vendeuses qu'elle bombardera de questions dont elle interrompra les réponses pour en poser d'autres. Elle me parlera en même temps en secouant des bouts de chiffons hors de prix :
« Regarde ça Eugénie, ça t'irait bien !
- Oui.
- Tu veux pas l'essayer ?
- Non.
- Et ça ?
- Non plus. »

Je répondrai en sortant un rouleau de papier toilette de mon sac à main pour me moucher parce que j'ai oublié d'acheter des kleenex. Elle adressera en souriant un petit soupir aux vendeuses pour qu'elles soient indulgentes avec la fille pas coiffée qui dit non à tout et se mouche dans du PQ. « C'est pas son jour aujourd'hui. Elle traverse une période difficile vous savez. » J'aurai alors droit à trois paires d'yeux attendris et pourrai me moucher deux fois plus fort.

Elle finira par me déposer lessivée devant chez moi. Je prendrai l'ascenseur avec une connerie qu'elle m'aura donnée, un morceau de pain, un saucisson, un serre-tête, je lui aurai dit cinq fois j'en veux pas, je ne mets jamais de saucisson, maman, je ne vais pas manger ce serre-tête, laisse-moi. Elle m'aura embrassée, et dit on s'appelle ce soir. Pour se dire les mêmes choses que l'après-midi.

Je veux ma maman, putain. Je veux ma maman.

XVI

Un couple danse sur Marvin Gaye. Le garçon qui m'a sortie du placard fait son entrée dans le salon. Je le croyais parti. Non il est toujours là. Toujours en pull col v et rien en dessous, donc pas prêt pour sortir dans la rue et s'en aller. De l'autre côté de la pièce, il croise ses jambes en jean et me fixe sans pudeur. Comme s'il me connaissait et le faisait exprès pour m'énerver. Sale effronté. Il ne bouge pas, dos au mur, il me fixe, c'est tout. Peut-être qu'il a compris qu'il faut qu'il arrête de venir gratter l'amitié avec moi.

Je regarde la cheminée pour faire comme si je l'avais pas vu. Merde, mais t'as pas un autre truc à faire ? Je sais pas moi, rentrer chez toi ? Sortir avec les trois autres abrutis coller des mains aux fesses à des gamines de seize ans ? Tailler une bavette avec la fille sur le canapé, passer un coup de fil, non ? Je risque un œil, il me regarde toujours. Je me tourne vers la tapisserie pour pas me faire un torticolis. Le sang bat dans mes tempes et j'ai envie de hurler mais je suis trop timide.

Lorsque je tourne la tête il est à côté de moi, s'appuyant sur la fenêtre ouverte. Je sursaute, il m'adresse un sourire froid et ne dit rien. Je suis trop mal à l'aise et en colère pour rester muette.

« Je préfère te prévenir tout de suite que tu perds ton temps, je suis pas de bonne compagnie... Compte pas sur moi pour te demander ce que tu fais dans la vie, parce que je m'en fous.
- Et ?

- Et quoi ? Et c'est tout. Maintenant laisse-moi tranquille, j'attends Charles, je vais pas m'échapper et si tu veux en être sûr, t'as qu'à cacher mon manteau. Je déteste qu'on me colle. »

Aucune réaction. Puis, très calmement, il me demande :
« T'as fini ?
- Oui.
- D'accord.
- ...
- Mais je partirai pas.
- Très bien, je vais aller m'enfermer dans les toilettes.
- Oui en effet, c'est intelligent comme initiative...
- Ouais ! »

Une minute passe. Je soupire bruyamment par le nez.
« Alors ? Pourquoi tu n'y vas pas ?
- Parce que je deviens un peu claustro ce soir, réponds-je en me recollant sur la fenêtre avec un haussement d'épaules.
- Je préfère ça.
- Tant mieux pour toi.
- Au fait, je m'appelle Tristan.
- Tant mieux pour toi.
- Tu veux parler ?
- Parler de quoi ?
- De ce que tu veux.
- Non. »

Je fume une, deux, trois cigarettes en regardant par terre. Il ne fume pas, il ne dit rien. Je sors mon téléphone pour jouer aux poussins mutants, voire aux dinosaures zombies qu'on doit asperger de morve pour gagner un haricot magique mais la batterie est vide. Comme moi, plus de batterie, plus de contenance.

J'en viens à remercier le plouc de s'avancer vers moi et je vais pouvoir faire genre regarde j'ai un pote tu nous as vus laisse-moi tranquille mais il porte un anorak, il vient me dire au revoir avec un shake accompagné d'un salut meuf, sniffe pas trop d'aspirine. Je renifle de contrariété et le garçon qui sort les filles des placards avance vers lui et lui marche presque sur le pied. Il est fâché, ça se voit :

« C'est bon tu lui as dit au revoir, je crois que maintenant tu peux y aller.
- Qu'est-ce que t'as mec, y a un problème ? demande-t-il pas très rassuré par sa différence de taille avec l'inconnu. Le son de sa voix s'est amoindri à mesure qu'il devait lever les yeux.
- Pas encore non, mais ça pourrait venir si tu fais encore une réflexion à Eugénie. »

Mon prénom sonne bizarre dans sa voix à lui. L'écho se cogne sur les murs, rebondit au plafond. Je ne le lui avais pas donné, mon prénom. Et le plouc s'en va à reculons en nous murmurant une bonne soirée. Ça fait beaucoup trop de bonnes soirées pour ce soir.

Je me recolle contre la fenêtre en synchronisation parfaite avec mon cavalier commis d'office et rallume une cigarette en considérant les gens, les mêmes depuis tout à l'heure qui ne se sont pas encore décidés à partir. Tristan reste silencieux. C'est bien, il a compris. Assise entre ses deux copains, la fille sur le canapé se met à me toiser de la tête aux pieds. Son visage me dit vaguement quelque chose. Et voilà, encore une fille croisée avec Julien. Encore une connaissance de Julien. Encore Julien. À dix mètres de distance, je la fusille du regard, ça commence à bien faire, je commence à m'en foutre d'être bien élevée.

Je décide de faire quelques pas, de piétiner ma timidité pour aller changer la musique. J'ai ma petite idée. Je fais ma recherche sur l'ordinateur de Charles, sous la surveillance lointaine et quelque peu perplexe de Tristan. Ne t'inquiète pas mon grand, je vais pas mettre le feu à l'appart, je n'ai pas l'intention de tuer qui que ce soit, juste de faire partir tout le monde. Mon arme ? Aerosmith. Je cherche la « musique de dégénérés » que j'avais gravée pour Charles, je tombe sur l'album *Big Ones*, clique sur play et reprends ma place en attendant de voir ce qui se passe.

« T'aimes Aerosmith ? me demande Tristan.
- Non.
- Tu sais dire autre chose que non ? demande-t-il en souriant.
- Non, réponds-je tranquillement en constatant qu'Aerosmith ne fait fuir personne en courant. »

Les chansons défilent dans le désordre, je chante les paroles dans ma tête, j'ai l'impression de contrôler quelque chose. Dans ma tête, je suis une rock star. Des milliers de personnes me regardent mais c'est pas grave parce que je suis une rock star. Aux premières notes de *What it takes*, Tristan se glisse en face de moi et me tend une main hésitante mais désigne au contraire son geste d'une voix assurée devant mon étonnement maussade :

« Tu veux pas parler... Je me disais que tu avais peut-être envie de danser à la place.
- D'accord, dis-je en saisissant sa main sans trop réfléchir. »

Il faut dire que je n'avais pas de programme particulier en dehors de lui faire la gueule en attendant Charles. L'idée de danser n'est pas idiote et ne contraint personne à parler. J'ai dit oui en oubliant combien je suis petite face à ce garçon qui me fait danser. Une main accrochée sur son épaule et l'autre restée dans la sienne, perchée sur mes chaussures, son menton est à la hauteur de mon front. Je fais toujours attention aux gens autour qui nous regardent distraitement et à cette fille sur le canapé, qui me fixe délibérément. Sûrement parce que je m'appelle Eugénie, que je suis la fille qui sortait avec Julien, qu'elle me regarde danser chez quelqu'un d'autre avec un garçon très très beau qu'elle connaît peut-être aussi. C'est peut-être ça qui la met en colère. Son visage me rappelait quelque chose et c'est là que ça me revient, c'est une de ces connasses qui faisaient de l'œil à Julien devant moi, en vain.

Je décide de ne plus y faire attention, d'oublier, de laisser mes mains se rejoindre derrière la nuque du garçon qui me serre plus fort, de fermer les yeux et me laisser bercer en cachant mon visage contre lui. Mes mains sont glacées mais il s'en fout, il n'a même pas sursauté. Un inconnu m'enveloppe complètement et je me laisse faire. Je m'abandonne, j'échoue là, à son cou et puis merde, c'est tout.

Cryin' et la danse s'enchaîne sur le parquet sale.

Les yeux fermés, je souffle doucement à son oreille qu'une fille nous regarde, ne sachant s'il peut m'entendre, juste pour le dire. Il dit qu'il le sait, qu'il s'en fout, que je ferme les yeux. Il me protège.

XVII

« Je t'emmène dîner quelque part quand Charles sera rentré, murmure-t-il par-dessus la voix de Steven Tyler.
- Il est au moins quatre heures du matin.
- C'est pas un problème.
- Mais si tout est fermé ?
- Je t'emmènerai déjeuner.
- Ah.
- Et après je t'emmènerai dîner.
- Encore ?
- Oui, encore, et c'est pas fini, répond-il en me serrant plus fort.
- Pourquoi ?
- Parce que, tais-toi. »

Je dis oui. Je me tais. Oui d'accord, emmène-moi dîner là où c'est fermé et tiens-moi éveillée jusqu'au déjeuner. Je dormirai dans la voiture jusqu'au dîner, je ne veux plus rentrer.

« Je veux rester avec toi, dit-il.
- Tu ne me connais pas.
- Ça m'est égal.
- Moi aussi... »

Total abandon, je veux rester là où je suis, comme ça. Ce garçon a calmé ma colère, repoussé mes rancœurs, posé un garrot sur ma folie. Pour un moment.

« C'est qu'une salope ! », hurle une voix de fille dont les ongles s'enfoncent dans mon poignet. C'est la fille du canapé. Je ne comprends rien, je n'ai le temps de rien, elle m'arrache des bras de Tristan sous les yeux atterrés des survivants-invités.

Elle me gifle de son autre main. « Connasse, connasse, connasse ! » Elle a pris de la coke. Elle est plus forte que moi, je n'arrive pas à me dégager. Tristan la pousse violemment et se place devant moi. Je respire mal, il se passe trop de choses en même temps. Les gens regardent, ils sont fascinés, ils en veulent plus. Un jeune homme un peu éméché retient tant bien que mal cette fille qui s'apprête à me sauter dessus une deuxième fois. Elle reprend son souffle pendant que je perds le mien.

« Tu devrais pas t'approcher d'elle, Tristan, persifle-t-elle. C'est une sale garce de menteuse. Elle raconte à tout le monde que son ex est mort pour pas qu'on sache qu'elle s'est fait jeter. Elle raconte même qu'elle est mariée. Pas vrai ?, crie-t-elle dans ma direction. C'est ça, réponds pas, t'es une catastrophe, une pouffiasse, tout le monde le sait, pas étonnant qu'il soit parti. Parce qu'il est VIVANT, et bien VIVANT ! »

Je sais que je vais bien finir pas mourir un jour. Je voudrais juste que ce soit maintenant. Que tout se termine à cet instant. Parce que là c'est fini. Je sais que ce qu'elle dira ensuite fera le tour de Paris :
« Parce que c'est toi maintenant, Tristan, qui risque de mourir. Son ex, c'est JULIEN M ! Oui c'est ça, vous avez tous bien entendu. »

La porte claque. Charles est revenu. Défraîchi, son Burberry sur le dos dont il n'a pas enfilé les manches, un petit sac de pharmacie à la main. On lui a appliqué un pansement sur la joue. Il a l'air fatigué. Il est tellement dérisoire, tout à coup, au milieu de cette scène. Débarqué en pleine hystérie, personne ne fait attention à lui. Tout le monde me regarde. Tout le monde sauf Tristan, toujours devant moi, les poings serrés, immobile. Je crois que comme les autres, il a arrêté de respirer.

« Mais c'est pas fini. Hein Eugénie ? T'as pas autre chose à avouer ? T'as pas parlé d'un autre cadavre tout à l'heure ? »

« ... Ton frère ! Il est vraiment mort ?! »

J'ai à peine le temps de voir Charles se précipiter sur elle parce que je ne sais même pas ce que je fais. Je me glisse à toute vitesse entre les gens en attrapant mon sac sur une chaise et je viens de claquer la porte sur un silence de mort. De vrai mort. Fermé la porte sur le silence de mon frère.

XVIII

Descendu, le tapis en velours des escaliers. Traversé, le hall veiné de marbre. Fermée, la lourde porte en chêne. Froncés, les sourcils.

Je suis partie comme une voleuse. La honte et la colère m'ont poussée dans les escaliers, me les ont fait dégringoler. Tout juste si je ne suis pas tombée. Il fait nuit noire. J'ai laissé mon manteau là-haut. Rien à foutre, plus de batterie, pas de taxi. Aucune sécurité, rien.

Il y a des pas derrière moi. J'accélère.
« Eugénie, qu'est-ce que tu fous ? »
Tristan me rejoint, un peu essoufflé. Et en colère, on dirait.
« Pourquoi t'es partie comme ça ?
- J'avais pas envie de parler, de me justifier.
- Tu pouvais m'attendre non ?
- Pour quoi faire ?
- ...
- Désolée, je ne pensais pas que tu voudrais encore me parler... après ça. »
Il a l'air un peu sonné.

« Ne te donne pas la peine de penser à ma place, j'arrive très bien à le faire tout seul, tu es gentille, répond-il, glacial.
- Elle a raison ta copine.
- C'est pas ma copine.
- Et alors ? C'est ce que tu veux savoir non ? Si c'est vrai ou pas ?
- Je ne te demande aucune explication, Eugénie.
- Oui c'est vrai ! Oui je fais croire qu'il est mort et je fais comme s'il n'avait jamais existé !
- Calme-toi, c'est pas grave.

- Si, c'est TRÈS grave.
- Arrête.
- Et j'ai pas l'intention de coucher avec toi, tu rêves ! Tu te donnes du mal pour rien, là !
- ARRÊTE ! crie-t-il en me secouant par les épaules.
- Et mon frère est vraiment mort , je hurle en direction des fenêtres de Charles. »

Ça suffit, il me dit, calme-toi. Je réponds pas parce que quelque chose remonte, quelque chose revient. Des larmes. Ça y est je pleure. J'ai du mal à comprendre ce qu'il m'arrive mais ça y est, c'est fait, ça coule. C'est comme si je perdais ma virginité, c'est un état de stupeur. Ah, ça y est, alors c'est ça ? Pleurer, c'est ça ? C'est comme ça que ça vient, c'est comme ça qu'on pleure, je pleure pour de vrai ? Alors... je l'ai fait ? Je le fais. Tristan caresse mes cheveux, m'embrasse sur le front, ses bras autour de moi comme une barricade, un château fort, une barrière contre les autres, un truc qui me protège, un truc qui suffit pas mais qui est là. Un truc pour pleurer. Tristan est un mouchoir.

Si je voulais m'échapper je pourrais pas. Il me tient bien trop fort. Je hurle en silence dans le col de son pull, lui servant un mélange de larmes, de morve et de bave. Je suis dégueulasse. Il s'en fout, il nettoie mon visage avec sa manche.

Je sais pas depuis combien de temps je pleure. Longtemps je crois. Il ne fait pas encore jour pourtant. Tristan me demande doucement si je vais mieux. Je fais un signe de la tête pour dire que oui. Parce que parler c'est trop compliqué. Ça c'est fait. Les larmes, c'est terminé, on fait quoi maintenant ? Parce que je me sens bête. Tristan fait de drôles de trucs avec mes cheveux, en attendant que je retrouve la parole. Il n'a pas l'air pressé. Il fait des espèces de tresses, des papillotes, des boucles avec ses doigts. Il les entortille puis il défait tout et il recommence. À n'importe qui j'aurais dit laisse-moi, me touche pas tu me fais mal, j'aime pas qu'on touche à mes cheveux, ni à mon nez, ni à moi, je déteste qu'on me touche tout court. Mais Tristan ne me fait pas mal. Je regarde le trottoir en attendant d'avoir les cheveux tout emmêlés.

« On va dîner maintenant, tu veux ? »
Je le regarde dans les yeux, je le vois un peu flou, à cause des larmes et tout. Je dis oui. J'accepte. Parce que finalement, j'accepte tout. Je suis soulagée, contente de le suivre, mais j'en ai marre de rien décider toute seule, qu'on propose, qu'on choisisse, qu'on impose. J'ai toujours obéi, suivi, subi, pour tout. Un jour il faudra que ça change. Et puis merde alors, je me dis que ça pourrait changer avant le déjeuner.

Je me lève, haut, très haut sur la pointe des pieds. Je l'embrasse. Il est même pas surpris. Il me rend mon baiser. Je l'embrasse comme un brouillon, sans m'appliquer. L'émail des dents qui s'entrechoquent, une morsure, une rature sur le coin de la lèvre. Il rattrape les ratés. Il s'en fout, on dirait. On dirait que m'embrasser c'est tout ce qui l'intéresse dans la vie. Je lui dis, avant qu'on recommence. Je le préviens : c'est un brouillon, je fais.
Un brouillon pour commencer.

Parce que c'est moi qui décide un peu aussi. Parce que finalement, j'ai pas encore envie de mourir.

Pas ce soir.

ÉPILOGUE

Je ne saurais dire pour quelle raison je me sens si légère, ce matin. C'est mon corps, qui est léger, c'est tout. Mes pensées sont aussi indigestes et désordonnées que d'habitude. Quelques secondes pour comprendre qu'elle est débile, cette légèreté, vraiment débile parce qu'elle vient du fait que j'ai oublié mon sac. Alors oui forcément, ça fait un poids en moins. J'ai l'épaule libérée des choses que je trimballe partout, qui me rassurent. Mon sac à main comme une trousse de secours. Tant pis. Je suis en retard.

Assise sur le quai du métro Rue du Bac, je balance mes jambes qui pendent du siège en plastique. Je pense à mon rendez-vous. Je pense à mon éditeur qui va tout à l'heure me faire asseoir sur un siège plus confortable, en face de lui. Il va faire comme d'habitude, me féliciter cinq minutes puis chausser ses lunettes, prendre une grande bouffée d'oxygène tout microbe filtré par sa moustache pour passer aux critiques, à tout ce qui ne va pas, à tout ce que, vous voyez, Eugénie, ça non, ce n'est pas possible. Tout ça dans un jet ininterrompu gorgé d'autosatisfaction. T'as qu'à l'écrire toi-même mon livre, aurai-je encore envie de lui dire.

Je vais avoir envie de fumer. Je n'aurai pas de cigarettes. J'ai oublié mon sac. Je comprends pas, jamais de ma vie je n'ai oublié mon sac.

Pour tout arranger, je me suis trompée de direction. J'ai pris le métro dans l'autre sens et c'est trop tard. Bravo. Il roule. Je changerai à la prochaine station. Je ne suis même pas énervée. Tant pis, je serai en retard. Et ça lui fera les pieds, tiens, à ce fils d'imbécile.

Mais non. Le métro ne s'arrête pas à Solférino. C'est bizarre, le conducteur a peut-être oublié. Oui, forcément, puisqu'il n'a même pas ralenti, soufflant un courant d'air insolent sur les silhouettes hagardes et incrédules plantées sur le quai. En fait non, on dirait même qu'il a accéléré. Qu'il a fait exprès d'accélérer en passant sur le quai. Il a dû péter un plomb, non, eux, j'ai pas envie de les prendre dans ma rame. Un délirant complexe de supériorité généralement réservé aux seuls chauffeurs de taxi. T'as loupé ta vocation. Triple con.

Non c'est moi qui me fais des films, puisqu'il accélère plus fort une fois rentré dans le tunnel. C'est un oubli, c'est tout. La prochaine station est toute proche.
Mais le métro ne s'arrête pas.

Et il n'y avait personne sur le quai.

Il accélère. Il accélère. Ça tangue. Les voyageurs ne se plaignent pas. Étrangement résignés, ils s'accrochent aux barres à cause des secousses. Mais on va très vite. Trop vite. Et les stations sont désertes maintenant. Elles sont mal éclairées, elles défilent à toute vitesse. Elles sont désaffectées. Le chauffeur s'est trompé de rails, il est allé ailleurs. Il y avait un homme, sur le quai d'avant. Malgré la station en très mauvais état, les néons stridents et irréguliers. Mais je l'ai mal vu. Il se tenait face aux wagons, pourtant. C'est juste qu'il n'avait pas vraiment de tête. Je l'ai bien vu bouger, pourtant, il remuait ses doigts, frénétiquement, non, je n'ai pas rêvé. C'est quoi ce foutu bordel ?

Mes mains deviennent moites. Je commence à avoir peur. Qu'est-ce que ça veut dire ? On veut nous faire peur ? C'est un canular ? Pourquoi personne ne dit rien ? Qu'arrive-t-il au chauffeur ? Pourquoi ça grimpe autant ?

Ça va encore plus vite. La pente est de plus en plus raide. Un clochard vient de faire tomber une bouteille en verre qui roule et s'explose au fond du wagon. Il émet un râle, deux, trois, et geint à mesure que la montée se raidit.

On fonce à la verticale. Les gens s'accrochent en silence aux fauteuils, d'autres glissent doucement vers le fond, sagement, sans se débattre. Des paquets de linge sale. On dirait des paquets de linge sale. Je m'accroupis sur le dossier de mon siège pour ne pas perdre l'équilibre et commence à suffoquer. Deux voyageurs sont suspendus par la force des bras à la barre, juste au-dessus de moi. Aucun effort physique ne semble leur étirer les muscles du visage. Ils me regardent. Ils se taisent. Ils savent où on va. Ils ont l'habitude. Ils me sourient. Ça veut dire bienvenue. Ça veut dire on est contents que tu sois montée avec nous. Tu vas voir, Eugénie, là où on t'emmène... Là où on t'emmène...

Aaaaaaaaaaahhhh
Aaaah Aaaaaaaaaaaaaaaaaah !.....

J'ouvre les yeux en hurlant. Les cordes vocales foudroyées. Je peux pas respirer. Je ne peux plus bouger, je panique, continue à crier pour mes mouvements bloqués.

C'est Tristan. Tristan qui maintient tout mon corps contre le sien. Pour pas que je bouge, pour pas que je cogne, que je griffe. Pour pas que je tombe. Chut, il me dit. C'est rien Eugénie, c'est rien. C'est fini, je suis là. Dans ma tête, ça continue à siffler, à hurler, à bourdonner.

Doucement, il me caresse mes cheveux, il essuie mon visage trempé. Il me desserre mais je ne veux pas, je reste accrochée.
« Pardon.
- C'est pas de ta faute si tu fais des cauchemars, idiote. Pardon de quoi ?
- Je sais pas. »

Je continue à trembler. Il est parti me chercher de l'eau dans la cuisine. Il est comme ça. Un cauchemar, un verre d'eau. Je n'ai jamais bu autant d'eau que depuis ces derniers mois.

Je me lève, froissée, chiffonnée, incertaine. Je titube jusqu'au fond de la chambre et soulève un rideau. Le jour se lève humide. Il fait déjà très chaud. J'essaye d'avoir l'air alerte pour me faire pardonner. Même si je sais qu'il ne m'en veut pas. J'essaye de faire la fille bien réveillée, équilibrée, les deux pieds bien ancrés dans la réalité pour faire comme si je n'avais jamais hurlé. Comme si c'était lui qui avait fait un mauvais rêve. Le faire passer pour le déséquilibré, lui. Tu vois comme j'ai les pensées ordonnées ? Un cauchemar ? Même pas mal ! Regarde comme je suis normale :
« Euh... (ça commence très bien) On fait quoi avec toi demain après ton travail ce soir quand c'est fini ?
- Qu'est-ce que tu racontes ?
- Demain ! Enfin non ce soir. Enfin, aujourd'hui parce que c'est vrai c'est les vacances.
- Aujourd'hui c'est le jour où tu fais ta valise.
- Ah oui c'est vrai ça !
- Eh ben ! Bravo ! Ça fait des mois que tu me cuisines à toutes les sauces pour qu'on aille à la campagne et le jour J t'as oublié...

- Non c'est pas ça... C'est quoi déjà le nom de ton bled, là ?
- Chenonceau-les-deux-forêts, entre Trifouillis-les-Galipettes et Finole-sur-Meuse.
- Super ! »

Il a tout compris, Tristan. Le pire, c'est que ça lui fait plaisir. Et ça se voit. Sauf qu'après, il a dit, c'est moi qui décide. « Après la campagne on va où je veux, on va loin, on va prendre l'avion. » On va vers la mer. On va dans un endroit où il y a des fêtes tout le temps. Un endroit où il fait très chaud. Où il a plein d'amis. Il le sait. Que j'ai peur. J'ai peur de l'avion, de la mer, des fêtes, de la chaleur et des amis. C'est fait exprès, il dit. C'est fait exprès, avec moi t'auras pas peur.

L'avion c'est dans deux semaines. J'ai peur à l'avance et je veux pas lui dire. J'ai ma fierté. Allez, je vais quand même lui dire. Je prends mon inspiration. Oh et puis non, tant pis. Il le sait déjà, il devine tout. C'est pour soigner mes peurs qu'il fait tout ça. Je me tais. Il saisit mon poignet au vol pour pas que je compte mes dents. Ça me fait rire. C'est vrai que c'est absurde de compter ses dents quand on a peur. Ça changera jamais rien à quoi que soit, finalement. Lui aussi, il rit. Et je reprends mon inspiration, cette fois, je vais la lui poser, cette question. C'est à lui que j'ai envie de la poser, de toute façon.

« Dis Tristan ?
- Oui...
- Si un jour on avait des enfants verts, tu crois qu'ils auraient des problèmes à l'école ?
- Non, répond-il, catégorique, comme si, vraiment, ça allait de soi.
- Pourquoi non ?

- Parce que les enfants verts, ça n'existe pas. »

      La réponse me va. C'est pas si compliqué de dire la vérité.

-FIN-

DU MÊME AUTEUR

ROMANS

A Contre-Jour, 2011
Pas ce Soir*,* 2012 (Nommé au Prix Littéraire François Sagan 2013)

RECUEILS DE NOUVELLES D'EPOUVANTE

Train Fantôme, 2015
Ecarlates, 2016
Made In Hell, 2017
Série B, 2018

ROMANS D'EPOUVANTE

Fille à Papa, 2019
Influx, 2020
Soap, 2021

Site web de l'auteur : www.charlinequarre.com